This is wizard's last card.
2. 竜の少女

はあ……
ほんっとうに――バカ過ぎ

これが魔法使いの切り札

2. 竜の少女

羊 太郎

ファンタジア文庫

3390

口絵・本文イラスト　三嶋くろね

2

これが魔法使いの切り札

竜の少女

This is wizard's last card.

Taro Hitsuji
illustration
Kurone Mishima

序章　卵

「……人間の足はどうして二本なんだ？　三本だったら一本食えるのに……」


リクスは、とてもお腹《なか》が空いていた。

もう十日近く、まともな物を食べてない。

お腹が空き過ぎて、思考回路がタコになっていた。


時は少々遡り、それはリクスの傭兵《ようへい》時代。

ボロボロの革鎧《かわよろい》を纏《まと》い、ガタガタに刃こぼれした剣を提げたリクスが、フラフラと彷徨《さまよ》っているそこは、見渡す限りの大荒野。

右も左も無限の砂地と無数の岩山、枯れた草しかなく、代わり映えのしない光景が地平線の果てまで延々と続いている。

最早《もはや》、方角も、自分がどこに向かって歩いているのかすらもわからなかった。

リクスの所属するブラック傭兵団が、東部紛争地帯のとある地方領主ゴドリックに雇われ、サークス荒原の会戦に参戦したのが二週間前。

友軍は、初日でギッタギタのボッコボコのケチョンケチョンに負け、壊滅。

ブラック傭兵団も生き延びるため、ちりぢりになって撤退。

リクスはものの見事に仲間達とはぐれ……今に至る。

「……勝敗は兵家の常とは言うけどさぁ？」

ふと、リクスは空を見上げて……そして、堪《こら》えきれないように叫んだ。

「普通、ゴドリック側につくかなぁああああああああああ!?

もう戦う前から、負け見えてたじゃん！」

なにせ、リクス達ブラック傭兵団の雇い主ゴドリックは、もう指揮官として無能オブ無能であった。

いたずらにあちこち戦線を伸ばすわ、兵站《へいたん》は軽視するわ、いちいち戦力を小出しに逐次投入するわ、主を思って諫言《かんげん》してくる家臣を片端から処刑するわ、正面から全軍突撃しかしないわ……え？　貴方《あなた》、わざとですか？　と、思わんばかりの無能指揮官ぶり。

そもそもゴドリックが、領地の民から凄《すさ》まじい重税を絞りまくり、自身はその金で酒池肉林の贅沢三昧《ぜいたくざんまい》、あまつさえ周辺諸国・諸部族へ不当な侵略戦争と略奪行為を繰り返しまくり、不可侵条約破りまくり、敵作りまくりというアホ丸出しっぷりである。

〝悪徳領主を倒せ！　今こそ圧政に苦しむ民を解放しよう！〟

と、義憤に燃え上がる周辺諸国連合同盟軍に勝てるわけがない。

なのに、なぜ、リクス達ブラック傭兵団が、そんなゴドリック側についたか？　と言えば――

『え？　ゴドリックのアホ、滅茶苦茶《めちゃくちゃ》、大金出してくれたから……』※ブラック団長談

「一人でやれぇぇぇぇぇぇぇ！　一人で！」

ボロボロの剣でガンガン地面を叩《たた》くリクス。

思い出しただけで、腹が立ってきた。

「そりゃゴドリックに味方するやつなんかいないから、金は出るだろ！　金だけは！

ゴドリックがアホなら、俺達はバカだよ！　ゴミだよ！」

無論、リクスは反対した。

指揮官が超絶無能な上に、此度《こたび》の戦争における彼我の戦力差は歴然、大義ある敵側の士

気も末端の兵に至るまで天元突破。
いかに、ゴドリック側の状況が悪いかということ。
勝ち目はほぼなく、命あっての物種であること。
命は金では買えないこと。
それを、リクスはブラック傭兵団の傭兵仲間達へ、懇切丁寧に説明した。
当初、傭兵仲間達は『さすがリクス、賢いぜ！』と、リクスの意見に同調していた。
が、ブラック団長から、今回の戦争で出る報酬金の額について聞かされた瞬間——

『ヒャッハアアアアアアアアア——ッ！　金ダァアアアアア！』※傭兵仲間A
『バカのリクスの意見なんか聞いてられないぜ——っ！』※傭兵仲間B
『金は命より重い！　死ななきゃ安い！』※傭兵仲間C
『私の計算によれば、一人十人斬れば、百倍の敵にも勝てます（キリッ）』※傭兵仲間D
『もうよくわかんねえっ！　要は勝ちゃいいんだぁあああああっ！』※傭兵仲間E

「なんで皆、ああもバカで刹那的なの⁉　これだから傭兵はぁああああああ——ッ！」
ボロボロの剣でガンガン地面を叩くリクス。

思い出しただけで、腹が立ってきた。

「あ……やば……目眩《めまい》が……」

と、その時、リクスががくりと膝をつく。

空腹が限界突破し過ぎて、意識が朦朧《もうろう》とし、身体《からだ》に力が入らなくなってきていた。

思考力が低下し、自分がどこに立っているのかすら、わからなくなってきていた。

携帯糧食はもうとっくに底を突き、周辺で何か食料を調達できればいいのだが、生えているのは毒草ばかり、トカゲ一匹、虫一匹見当たらない。

このままでは確実に餓死であった。

「ははは……いつか戦場で散ることは覚悟してたけどさぁ……餓死はちょっとなぁ」

リクスが皮肉げな笑みを浮かべて、霞《かす》んできた目で地面をぼんやりと見つめていると。

「……ん……？」

ふと、リクスはそれに気付く。

地面に半分以上埋没し、ほんの僅かに頭を出している、それに。

「あれ……？　これってひょっとして……？」

リクスが最後の力を振り絞って、剣をスコップ代わりに、それを掘り出す。

やがて、リクスの前に姿を現したのは——

「……卵だ……」

そう、卵。

変な模様が表面に浮かんでいる卵。

特筆すべきは、その卵がやたらデカいことだ。人間の子供サイズくらいはある。

だが、そんなことは重要じゃない。

「卵だぁあああああああああ――っ！　これぞまさに天の恵み！」

重要なのは、それが巨大な卵であるということであり、餓死寸前のリクスにとっての救世主であるということだ。

「やった！　何の卵かわかんないけど、こんだけデカければ、数日は食い繋《つな》げる！　早速食べるぞぉおおおおおおおお――ッ！」

喜び勇んで、リクスが最後の力を振り絞って枯れ枝を集め、火を起こそうとした……その時だった。

ぴしり。

突然、リクスの前で卵にヒビが一本入って。

ぴしり。ぴしり。びしびし……

そのヒビが、卵の表面全てに伝わっていって……


ぱかっ！　がしゃん！


やがて、卵は完全に割れ、殻の破片が四散、中からそれは現れたのであった。

「は……？」

その光景に、思わず呆気《あっけ》に取られるリクス。

それは……少女であった。

外見的にはリクスより歳下《としした》だろう。少女というより童女に近い。

起伏の少ない清楚《せいそ》で未成熟な身体。絹のようにきめ細かな肌。華奢《きゃしゃ》な手足。陽光に照らされて燃えるように輝くふわふわの金髪。

顔立ちは可憐《かれん》な悪戯妖精《ピクシー》のように美しく整っており、大粒の宝石のようなエメラルドグリーンの瞳を、ぼんやりと地面付近へと彷徨わせていた。

そんな少女が一糸纏わぬ姿で、ぺたんとアヒル座りしている姿に。

「………はぁ……？」

リクスは空腹で朦朧とする意識の中、唖然《あぜん》とするしかない。

まるで白昼夢を見ているようで、現実感がまるでなかったのだ。

「……？」

やがて、少女は徐々に我へ返っていったのか、キョロキョロと周囲に視線を彷徨わせ始める。

そして——少女の前で呆然《ぼうぜん》と立ち尽くすリクスと目が合った。

「…………」

「…………」

両者お見合いすること十数秒。

やがて、虚《うつ》ろだった少女の瞳に光が宿り、ニコッと笑って。

リクスに向かって、こう言うのであった。

「アニキ！」

これが、リクスの傭兵仲間にして妹分——トランとの出会いであった。

――――。

――余談。

リクスとトランの衝撃の出会いから一分後。

「え？　なんでアニキがアニキかって？　俺に妹なんかいないって？
そんなの決まってるじゃないっすか！　アニキがアニキだからっすよ！
えーと……トランもよくわからないっすけど、多分、アニキは、トランのアニキっす！
何かもう、理屈じゃなくて、トランの魂がそうビビッと感じたっす！
だから、アニキ！　これからトラン、アニキに一生ついて行くっす！
トランの命はアニキのものっす！
……え？　いいんすか!?　アニキならそう言ってくれると思ったっす！
ありがとう！　大好き、アニキ！
…………。
……えーと、ところでアニキ？
どうして、アニキはトランの手足を棒に括《くく》り付けて、組んだ薪の上に吊《つる》してるんすか？

視界が逆さまで、トラン、ちょっと辛《つら》いんすけど……
あれっ？　アニキが今取り出したそれ、火打ち石っすよね？
あのー、その薪に火を点《つ》けると、トラン、丸焼きになっちゃうんすけど……？
えーと、そうか！　アニキったら、トランを食べる気なんすね!?
あっははは！　冗談上手《うま》いっすねぇ！　確かに、トランの命はアニキのものっすけど、
そういう意味じゃなく——って、熱っ!?　背中、熱ぅうううう!?
アニキ!?　ちょっとぉ!?
火、点いてる!?　火、点いてるっすよぉおおおおおお——ッ!?」（ジタバタ

第一章　前途多難

その日、エストリア魔法学院の敷地《しきち》内は、熱気と活況に盛り上がっていた。

「一年生の皆さぁん！　飛行術部でぇす！　我々と共にスカイリングで楽しい学生生活を過ごしませんかぁ〜っ⁉　未経験の方も大歓迎ですぅ〜っ！」

「我々は決闘部だ！　一年生の諸君！　男なら！　魔術師なら！　強くなりたいだろう⁉　もちろん女子も大歓迎！　共に最強を目指そう！」

「占星術部です！　一年生の皆さん、共に我々が進むべき運命を知りましょう！」

敷地内のあちこちに、上級生達がブースを設置して、道行く一年生達にひっきりなしに勧誘を行い、ブース内で部活動説明や談笑を行っている。

一年生達は、皆、楽しげに、次はどこの部のブースに行こうか？　何の部に入ろうかとあちらこちらへ歩き回っている。

そんな一年生達の中に——リクスの姿はあった。

「よし！　探すぞぉおおおお！　俺に相応《ふさわ》しい部活を！

学生らしい青春を、俺は送るんだぁああああああああ――っ！」

リクスは漲《みなぎ》る熱意をその目に燃やし、一体、どの部のブースから攻めるか、辺りをキョロキョロしまくっていた。

その様子は度を越していて、あまりに不審過ぎ、大変キモかった。

「おー、リクスのやつ、やる気マックスだなぁ」

「何事にも一生懸命なところが、リクス君のいいところだよ」

そんなリクスを、やおら生暖かい目で見守っているランディとアニー。

「というより、リクスの場合、今回、確実にどこかの部に所属せねばならぬのじゃろ？

むしろ、入れなかった方が拙《まず》いのじゃろ？　そりゃ切実にもなろうよ」

「ほんっとうに――バカ過ぎ」

そんなリクスを、呆《あき》れ顔で眺めているセレフィナとシノ。

放課後の課外活動――つまり、部活動は基本的には強制ではない。本人の自由だ。

実際、多くの一般的な学校の例に漏れず、無所属――いわゆる帰宅部を選択する者は、ここエストリア魔法学院でもそこそこいる。

では、なぜリクスがこうもどこかの部活に所属することに拘《こだわ》るか？

話は少々遡る――

――。


「このままならば――貴様は退学だ」

「なんでぇ⁉」

エストリア魔法学院の大導師ダルウィンの無慈悲な通達に、リクスの悲痛な叫びが室内に反響するのであった。

ここは、エストリア魔法学院の学院長室。

部屋の奥の品の良い執務机には、学院長のジェイクが着いており、その机の前にダルウィンと、同じく学院の導師クロフォードが面倒臭げに佇《たたず》んでいる。

そんな彼らに呼び出しを喰《く》らったリクスは、戦々恐々としながらも、その通達の真意を問わざるを得なかった。

「ちょっと待ってくださいよ！　一体、どうしてそんな理不尽なことに⁉」

「貴様が愚図な上に馬鹿過ぎるからだ。こちらの身の毛がよだつほど阿呆《あほう》だからだ。最早《もはや》、生きてる価値すらない。世界の資源は酸素すら貴様へ割譲するのが惜しい。大人しく逝ね。それが今の貴様ができる唯一にして最大の世界貢献だ」

「その口さがなさ！　アンタ、いつか絶対、誰かから背中刺されるからな⁉」

相も変わらず罵倒の切れ味が凄《すさ》まじ過ぎるダルウィンに、リクスが涙目になりながら、吠《ほ》えかかる。

「はっはっは！　今日は珍しく優しいな！　ダルウィン君！」

「まぁ……相手がまだ一年生ってことで、大分、手加減してるのはわかるよ」

「今ので⁉」

ジェイク学院長とクロフォード先生のそんな雑感に、改めて衝撃を受けざるを得ないリクスであった。

「とはいえ、今の通達ではリクス君がまったくわからんだろう！　というわけで、クロフォード君！　君が代わりに説明したまえ！」

「えー？　僕ですかぁ？　はぁ……面倒臭《くせ》ぇ……どう話したらいいものやら……」

ぼさぼさ頭をボリボリ掻《か》きつつも、クロフォードがリクスに向き直る。

そんなクロフォードを、リクスは決然とした覚悟を込めた瞳で真っ直《ま》ぐと射貫《いぬ》いた。

「言っときますけど、クロフォード先生。俺は確かに普通のスフィアが開けません。

劣等生と罵られても仕方ないです。

が、その件はもうとっくに解決したはずですよね？」

「まぁ……うん……まぁ……」

「一体、学院上層部で何があったのか知りませんけど、俺……不当な理不尽に対しては、徹底的に抗《あらが》いますから。戦いますから」

「ええとね、リクス君。君は、その特殊なスフィアの特性上、魔法の実技系試験に関してはある程度、考慮されてる。

でもね、最近、全授業で行われた座学系の中間テストの成績が、学院有史以来きってのボロクソゴミカスなんだよね……期末テストでの挽回《ばんかい》も不可能なほどに。

ここまで悪いと、どう贔屓《ひいき》しても救済できないの。

だから、年度末に行われる進級判定考査で、君、ほぼ間違いなく退学になると思う。

ごめんね」

「くそう！　理不尽どころか、この上なく正統な理由だった！」

戦う前に敗亡していた事実に、頭を抱えるしかないリクスだった。

「まぁ、貴様如《ごと》きの愚図で無価値な塵《ごみ》、何億エスト積まれようが、贔屓する気など微塵《みじん》もないが」

「今、この時だけでいいですから、死体蹴りやめてくれませんかね⁉」

「はっはっは！　まぁ、ダルウィン君はとてもルールに厳格で公平だからな！

たとえ、相手が王侯貴族であろうが贔屓などせんよ！」

涙目で吠えるリクスに、申し訳程度のフォローを入れて豪快に笑うジェイク学院長。

「しっかしなぁ……僕、わからないんだけど」

すると、クロフォードが面倒臭そうに頭を掻きながらぼやいた。

「ぶっちゃけ、期末と違って中間テストって、そんなに難しいものじゃないんだよね。

普通に、真面目に勉強していれば、誰だって及第点が取れる程度なんだ。

なのに、どうしたらこんなに悪い成績が取れるのか……？」

「そうですよね⁉　俺は、普通に真面目に勉強していたのにどうして⁉

最近、あの九九すら覚えたほどだというのに……ッ⁉」

「あっ……君、そんなレベル」（察し
「やはり、死ね。愚図め」

「酷《ひど》いッ⁉」

相変わらず鋭いダルウィンの罵倒に、リクスが吠え返す。

「しかし、なるほど……話を聞くと、やはり生い立ちの差というのが大きいようだ！」

と、ここでジェイク学院長が口を開いた。

「調べによると、リクス君！　君は物心ついた時から傭兵《ようへい》だとか⁉」

「えっ⁉　あっ、はい……」

「ふむ！　つまり、まともな初等教育を受けた経験はなしと見受ける！

実は、このエストリア魔法学院の入学試験には、基礎的な魔法の知識を問う科目の他、数学や理学といった、いわゆる一般教養科目の試験がある！

特待生として、それら試験を免除された君が、基礎的な知識面で他の生徒達に大きく遅れているのは致し方あるまい！」

「ですよね⁉」

「うむ！　だが、ルールはルールだ！」

リクスの期待をぶった切るようにジェイク学院長が続ける。

「いくら君の生い立ちが特殊だとはいえ、君だけを特別扱いするわけにはいくまい！

進級資格を満たせない限り、学院側としては、君を退学させざるを得ないのだ！」

「ですよね⁉　くっ……やっぱり俺には傭兵以外の道はないのか……ッ⁉」

リクスが絶望に頭を抱えていると、意外にもジェイク学院長がこう続けた。

「――とはいえ、だ。すでに、君にもかけがえのない学友達がいることだろう！　輝かしい青春を、彼らと共に歩みたいと望むのは、よく理解しているつもりだ！　私とて、なんとかしてやりたい！　とは思っている！」

「……でも、ルールはルールなんですよね？」

「然《しか》り！　だが、先ほど言ったろう？　進級資格を満たせない限り、学院側としては、君を退学させざるを得ない、と！　ならば、話は簡単だ！　その進級資格を満たせば良い！　年度末に行われる進級判定考査までにな！」

「……え？」

そんなジェイク学院長の言葉に、リクスが顔を上げる。

「進級資格とは、その生徒が次の位階へと歩を進める魔術師として、相応しいかどうかを判断する総合評価である！

確かに学院で行われている各教科の試験結果や取得単位が、進級資格へ大きく影響するのは間違いないが、実はそれが全てではないのだよ！

たとえば課外活動――この学院には実に様々な部活動が存在し、各部に所属する生徒達は放課後、日々独自の活動と研鑽《けんさん》に励んでいるが――

この課外活動で卓越した成果を出せば、それを進級資格へ加味してやることは、学院側としても吝《やぶさ》かではない！」

「マジっすか⁉」

「ああ、学院長の言ってることはマジだよ」

驚きに目を見開くリクスに、クロフォードが面倒臭そうに補足する。

「実際、それで退学を免《まぬが》れ、進級した生徒達が過去にそこそこいる。

というか、三年間それでゴリ押した猛者《もさ》もね。

魔術師に座学は必要だけど、将来、魔術師として大成するかどうかとなると、実際、座学が全てじゃないんだよね。だから、面倒臭ぇんだけど」

「フン……私個人としては、万人が厳守すべきルールに、そのように曖昧な領域を設けるのは納得できんがな。クロフォードの言《げん》に一理あるのは認める」

とても不機嫌そうだが、ダルウィンですらそう言った。

「ついでに補足すれば、一年生に部活動が解禁されるのは、ちょうど中間テスト返却日からだ！　本日より上級生の部活勧誘なども本格的に行われるはず！

リクス君もなんらかの部への加入を検討してみてはいかがかな⁉」

そんな先生達の様子に希望を見たリクスは、目を輝かせながら息巻いて宣言する。

「わかりましたッ！　俺……今すぐ部活入ります！

そして、何かよくわからないけど、その卓越した成果とやらを出してみせます！

もし、俺がそれを成せたら！　そして、それが先生達を納得させられるものでしたら
……俺をこの学院に居続けさせてください！」

「はっはっは！　もちろんだ！　期待してるぞ、若人《わこうど》！」

「そうと決まれば、早速これから部活動探しだ！　やってやるぞぉおおおおおおおおお
おおおおおおおおおおおおおお――っ！」

そう言い残して。

リクスは踵《きびす》を返し、猛然と学院長室を後にするのであった――

――と、まぁ、そんなこんながあって。

「ていうか、リクス！　貴方《あなた》ね！　テスト期間中、毎晩、私が勉強教えてあげながら、なんで、あの体《てい》たらくなのよ⁉」

「ぐえぇええええ⁉　シノ！　ギブ！　ギブギブギブッ！」

ことの経緯を思い出して腹立ちがぶり返したらしいシノが、いくつもの部活動紹介ブースの前で無邪気にわくわくしているリクスの首に、背後から腕を絡《から》めて締め上げていた。

「何よ、赤点ロイヤルストレート・フラッシュって⁉　逆に難しいわよ⁉

まさか、わからないことを放置していたわけ⁉　わからないことがあったら、遠慮なく聞きなさいって、何度も言ったじゃない⁉」

「ごめん！　シノ！　俺……自分の想像を絶するバカだったみたいでさ……わからないってことがわからなかったみたいなんだ……」

「このドバカ！　テスト期間中、貴方のために毎晩二時間つきっきりで魔法の勉強見てあげた、私の貴重な時間を返せ！」

「わかったよ……今度は俺がシノに傭兵流・戦場殺人術を教えてあげるからさ……毎晩二時間つきっきりで……」

「要　ら　な　い　わ　よ！　とんでもない不良債権を、私に押しつけないで！」

「あらやだ！　シノさん、容赦ない⁉」

そんな風に取っ組み合いながら、ギャーワー大騒ぎしている二人を。

「なんだかんだで、相変わらず仲いいな、この二人は」

ランディがどこか楽しげに。

「あ、あはは……そうだね……」

アニーがどこか複雑そうな笑みを浮かべて。

「むむむ……」

セレフィナがどこか不機嫌そうに眉根を寄せて。

三者三様の反応で眺めている。

「ああもう！　貴方には、心底うんざり&失望だわ！

別に私、貴方の退学とかどうでもいいけど！　どうでもいいけど！

私はまったく、全然、これっぽっちも気にしないけど！」

「シノは、ああは言ってるが、本当にどうでもいい相手に、あれほど親身に勉強見てやることなんてないだろうしな」

ランディがリクスへ詰め寄るシノの背中を流し見て、ニヤリと笑う。

そして、アニーとセレフィナを振り返り、意味深に言った。

「へへ……現状、意外と積極的なシノが一歩リードってとこだな。

なぁ、アニー、セレフィナ。お前らも、もっとガンガン攻めないと——」

次の瞬間。

じゃきん！

「……なんのことかな？　ランディ君」

「うむ、言っている意味がまるでわからぬぞ？　余、急にバカになったようじゃ。

だから、余がこれから何をするかもとんとわからぬ」

どこか据わった目をしたアニーとセレフィナの大杖《たいじょう》と細剣《レイピア》が、左右からXの字に交差し、ランディの首をさらし上げるように押し当てられる。

「ひぃいいいいい⁉　失礼しましたぁっ！」

ランディは顔を真っ青にして引き下がるしかなかった。

「と、とりあえず、勉強は後でまた頑張るからさ！

今はこの学院に、どんな部活動があるか、皆で色々と見て回ろうよ⁉」

なんとか話を変えようと、リクスがシノを振り切り、一同に向き直る。

「こんな経緯で、どこかの部に入らなくちゃいけなくなったけど、それはそれで、俺、結構、わくわくしてるんだ。

なんていうかほら……すっごい人並みに青春してるって感じするだろ？」

「……ま、確かにな。まったり学生やるなら帰宅部もありだが、何かしらの部活動に励むのも、また学生らしいよな」

「フン。ここは魔法学院よ？　部活動なんて、魔法が関わるものばかりに決まってるじゃない？　貴方に務まる部活なんてあるのかしらね？」

「なんだよ、シノ。そんなの探してみなきゃわからないだろ？」

するとアニーがリクスを励ますように口を挟んだ。

「そうだね、まずは色々と聞いて回ってみないと、だね」

アニーの手には、さきほど学院の生徒会執行部の役員が配ってくれた、この学院の部活動案内パンフレットがある。

このパンフレットには、どの部活動がどこで活動し、今、どこでブースを開いて説明会を行っているかが細かに記載されている。

それを広げて眺めながら、アニーがリクスへ問う。

「ところで、リクス君はどういう部活動がいいの？　何か、希望はある？」

「ふっ……悪いが、アニー。やむなく選ぶ部活動とはいえ、俺の要求ハードルは高い」

勿体《もったい》ぶって、リクスは威風堂々と宣言した。

「俺はそう——殺し合いとは無縁の部活動を所望する！」

「ハードル低いな、お前。ていうかあってたまるか、そんな部活」

いつものように義務的に突っ込むランディであった。

「え、ええと……要するに平和にまったりと活動する部活がいいのかな？」

「うん！　そう！　それ！」

リクスがぶんぶん首を縦に振っていると、セレフィナも口を挟んでくる。

「のう、リクス。そんな悠長なことで良いのか？　汝《なれ》は部活に所属するだけでは、ダメなのじゃろ？　退学を回避するため、上を黙らせる卓越した成果が必要なのじゃろ？

じゃったら、余は決闘部一択だと思うのじゃが？」

「ああ、リクスが速攻で活躍できそうなやつといったら……やっぱ、それだよな？」

「そうかしら？　魔法の使えないリクスが、魔法戦の技術をひたすら研鑽する部活動で成果を出せるかどうか……正直、微妙だとは思うけど？」

「でも、成果面で一番可能性ありそうなのは決闘部くらいじゃね？　チーム戦で仲間から魔法の援護を受けられるなら、リクスはバカ強《つえ》ぇし。

わかりやすく結果が出る大会とかも色々あるし。ワンチャンあるんじゃね？」

すると、リクスが首をぶんぶん横に振りながら、叫いた。

「ええい、どっちみち、決闘部はお断りだ！　そんな野蛮なのに所属したら、将来の就職先が戦闘系方面に引っ張られる気がするし！」

「まぁ、決闘部の所属者は大抵、将来、軍や魔法狩り関係の希望者だもんな」

「そういえば、大会で好成績を収めた生徒には、そっち方面からスカウト来るみたい」

「俺は将来、戦闘とは無縁の職業に就きたいの！　だから、そっち方面が近くなっちゃう系はダメ！」

「この期《ご》に及んでワガママなやつめ」

「うーん……じゃあ、そういうことなら」

一同のやり取りを受けて、アニーがパンフレットのとある頁《ページ》を開き、リクスに見せた。

「こんな部活はどうかな？」

「おお！　これは！」

アニーが、リクスに薦めたその部活とは──……


──。


「魔法生物飼育部へようこそ、後輩諸君！」

リクス達は、魔法生物飼育部のブースへとやって来ていた。

そこでは、肩までの長髪に眼鏡をかけた少年──三年生のミック＝ズーフィー先輩が、リクス達を温かく迎えていた。

「我が部に興味を持ってくれて、本当に嬉《うれ》しいよ！

魔法生物飼育部がいかなる活動を行う部なのか、諸君はご存じかな？」

「はい！　もちろんです、先輩！」

リクスが手を挙げて、自信満々に答える。

「魔法生物飼育部は、魔法生物……いわゆる〝魔物〟を飼育する部活動です！

魔物は栄養豊富なため戦場でも重宝されており、いざという時の非常食に困らない、とても有意義で素晴らしい活動──むぐっ⁉」

「おっ！　俺達、よくわからないので、改めて説明よろしくお願いできますかっ⁉」

慌ててリクスの口を塞ぎ、説明を求めるランディ。

「ふふっ、そうだね。そのために生徒会執行部主催の部活動合同説明会を行っているのだものね！　それでは早速、説明させていただくよ！」

リクスの失言は聞き逃したのか、ミックは特に気分を害した風もなく、嬉々《きき》として説明を始めた。

「とは言っても、魔法生物飼育部の活動は、まさに名が体を表す、だね。

日々、様々な魔物を飼育観察し、その生態や存在に対する理解を深め、研究調査していくのが、我々の主な活動内容だ」

「なるほど……どう料理すれば食べられるようになるとか、どの部位が美味《おい》しいとか、そう理解を深め、研究調査していくのか……」

「お前はいい加減、食から離れろ。追い出されるぞ」

ぼそぼそ呟《つぶや》きながらメモを取っているリクスの脇へ、ランディの肘が刺さった。

「魔物という存在は実に奥深く、興味深い。

さすがにこの時代、この世界において、未発見の魔物はもうなかなか存在しない。

が、それでも、すでに誰もが知っている魔物ですら、日々の飼育観察の中で、新たな発見や一面に遭遇することがあるんだ」

「ふむふむ……新しい調理法や味覚の発見もまだまだある……と」

「おい。……おい、リクス。おい」

「とはいえ、それは表向きな建前。我々の活動はその実、もっと単純なもので、魔物という不思議で愛らしい存在をいかに愛《め》でていくか、さ。

我々は皆、魔物が大好きで、日々、彼らの世話をして過ごすのがとても楽しいんだ。

我々の活動に、難しい資格や技術なんて必要ない。

あるとするなら、ただ、魔物が好きであることだけさ。君達は魔物が好きかい？」

「俺、魔物は（食材的な意味で）大好きです！」

「そうか！　ならば大歓迎だ！　魔法生物飼育部は君のような生徒にこそ相応《ふさわ》しい！」

　リクスの反応に、歓喜の表情を浮かべるミック。

「いやぁ～、我々の活動は、人から理解をなかなか得られなくてね……やれ変人の巣窟《そうくつ》だの、頭おかしいだの、後ろ指さされることも多くて……

　まさか、こんなに早く新入部員が見つかるとは……うぅ……ぐすっ……」

「あの～、感極まっているとこ悪いんですけど、ミック先輩。

　こいつだけは、絶対、部に入れちゃ駄目だと思います」

　目元を拭うミックへ、ランディはとりあえず義務のツッコミを履行するのであった。

「と、ところで、ミック先輩。魔法生物飼育部では、どんな魔物を、どこで飼育しているんですか？」

　話を変えようと、アニーが曖昧に笑いながら問う。

　すると、セレフィナもそれに続いた。

「うむ、そうじゃな。確かにこの学院の敷地《しきち》は広大だが、魔物を飼えるような場所は学内地図上にはなかったと記憶しておる」

「ははは、実はね、この学院の裏側──物質界に対する星幽界《せいゆうかい》側には、異界空間が幾つもあるんだよ。いわゆるこの学院名物『秘密の部屋』ってやつだね。

　その『秘密の部屋』の一つに、魔物飼育用の異界空間があって、我々魔法生物飼育部はその異界内で、魔物の飼育を行っているんだ」

セレフィナ達の疑問に、ミックが穏やかに応えた。

「我々魔法生物飼育部が保有する『秘密の部屋』は、魔物の生態に適した自然環境が整った広大な異界空間でね……そこでは様々な魔物達が放し飼いになっているのさ。でも、残念ながらその場所は、我々魔法生物飼育部の部員以外は立ち入り禁止だ。危ないからね」

「お、おおぉ……なんか思ってたより凄《すげ》ぇ」

「うん……私、てっきり檻《おり》の中とかで飼ってるものだって……」

「ははは、愛すべき魔物達に対して、そんな可哀想《かわいそう》な真似《まね》はできないさ。とにかく、そういうわけで、今日、君達をその『秘密の部屋』へ連れて行って、我々が飼っている魔物を見せてあげることはできないんだ。

その代わりと言ってはなんだが……我々一押しの魔物達を何匹か、裏手のブース内に連れてきている。見学していくかい？」

すると、これまでの話で興味を惹《ひ》かれたらしい。

「是非、お願いします、先輩！」

「確かに……どんな魔物を飼ってるのか、少し興味あるわね」

リクスはもちろん、シノすらもわりと乗り気のようであった。

するとミックがにっこりと笑って席を立つ。

「そういうことならば、話は早い！　我々魔法生物飼育部が誇る、格好良くも愛らしい魔物達を是非、堪能《たんのう》していってくれ！」

そんなミックに促され、リクスを筆頭に、一同わくわくしながら、ミックの後についていくのであった——

——。

「これが——今回の部活動合同説明会のために、我々が厳選して用意した、至高の魔物達だッ！」

ばっ！　と身を翻《ひるがえ》すミックの背後には、中の存在が外に出られない【断絶】の結界が三つほど設置されており。

その結界内に、それぞれ三種の魔物が鎮座していた。

「まずは副部長サーシャさん一押しの、テンタクル・ローパーッ！」

それは、全身ぬらぬらと気持ち悪い粘液に包まれた巨大な触手の魔物だった。

視覚的に生理的嫌悪《けんお》をもたらす、うじゅるうじゅるキモい動きで常に無数の触手達がうねっており、部員と思われる一人の女子生徒の全身に絡《から》みつき、持ち上げている。

「ンアアアアアアアアァァァァ――ッ♥」

触手に全身を嬲《なぶ》られている女子生徒は、恍惚《こうこつ》のアへ顔で嬌声《きょうせい》を上げていた。

「あっはっは！　サーシャさんの魔物との接し方は相変わらず体当たりだなぁ！

さて、次は部員ロニー君一押しの、イーヴル・アイズッ！」

それは、球体状の身体《からだ》の中心に巨大な一つ目と、ナイフのような牙がゾロリと並んだ口を持ち、先端に目玉がついている触手を全身から十本ほど生やしている……直視するだけで正気がゴリゴリ削れていく、冒瀆《ぼうとく》的でヤバい魔物だった。

そんな魔物を結界越しに、部員と思われる一人の男子生徒がうっとりと見つめている。

「ああ……エスメラルダ……君の瞳はなんて美しいんだ……」(カチーン
「あっはっは！　ロニー君ったら、まーた、石化の魔眼を正面から覗《のぞ》き込んで。

法医のルシア先生に叱られるぞ、仕方ないやつだなぁ。

それはさておき、最後に！

この僕一押しの魔物ッ！　食人植物ラフレシアンだぁあああ――ッ！」

それは、毒々しくも禍々《まがまが》しい巨大な花の魔物だった。

花弁の中心に悍《おぞ》ましい牙がゾロリと並んだ大口があり、それがガチガチと不吉な音を立てて開いたり閉じたりしている。

餌として与えられたらしい鹿が丸ごと、ガリゴリボリと咀嚼《そしゃく》されていた。

「どうだい⁉　後輩諸君⁉　我々魔法生物飼育部が本日のために厳選した、愛らしい魔物達はッ⁉

凄いだろう⁉　可愛《かわい》らしいだろう⁉　格好いいだろう⁉　ハァ……ハァ……」

「もっと！　マシな！　選択はなかったのかいぃいいいいい⁉」

食人植物を見つめてうっとりしてるミックを前に、ランディが天に向かって吠《ほ》えた。

もう吠えるしかなかった。

「……キッモ」

「ひぃ……」

「まじかー……」

当然、シノ、アニー、セレフィナは、あまりにも悍ましすぎる魔物達を前に、三者三様にドン引きしていた。

「残念ながら、僕達が自信を持って紹介できる魔物はこの子達くらいだ。後は、グリフォンとか、ユニコーンとか、ピクシーとか、そういう平凡な子達ばかりでさ……」

「どうして、そっちを連れてこなかったんですかね？　アンタら、新入部員を獲得する気あります？」

ランディがバリバリと頭を掻きながら叫んだ。

「ああもう！　なんでこいつらが変人だの、頭おかしいだの言われてるかわかった！　そりゃそうだろ！　そうとしか言いようがないだろ！　もう！」

そして、ランディはリクスを振り返る。

「おい、リクス！　もうわかっただろ⁉　この部……というか、部員がヤバ過ぎる！　この部に入るのだけは——」

「やだ……格好いい……」

「——好きにしろよ、もうっ！」

まるで英雄譚《たん》の主人公に憧れる少年のような表情で、悍ましい魔物達を見つめているリクスに、ランディは最早《もはや》、色々と放棄し始めた。

「なぁ、お前ら。いいのか？　リクスがこんな変態の巣窟に入って」

「…………別に？　リクスが望むなら、私に止める権利なんてないし」

「正直、余は全力で止めたいのじゃが？」

「まぁ、うん……あはは……」

ぷいっとそっぽを向くシノ、ジト目のセレフィナ、曖昧に笑うしかないアニー。

「まぁ……そうだよな。部活動なんて本人の希望次第だしな。

とはいえ、リクスの場合、そうも言ってられん。こんな部で、退学を覆《くつがえ》せる卓越した成果とやらが出せるのか、どうか……」

と、ランディが難しい顔して唸《うな》っていると。

「成果？　課外活動における、将来の履歴書にも書ける成果をお求めなら、なおさら我らが魔法生物飼育部をオススメするぞ！」

耳聡《みみざと》くそれを聞きつけたミックが、逃がさん！　とばかりに続ける。

「何しろ、うちで飼っているフェニックスが！　なんと卵を産んだのだよ！」

「なっ⁉　ま、マジっすか⁉　フェニックスが卵を⁉」

「な、なんてことじゃ！」

それを聞いて、目を丸くするランディとセレフィナ。

「ん？　ふぇにっくす？　が、卵を産むと凄いのか？　シノ」

「ええ。炎の不死鳥フェニックス。普通は命が尽きたら炎上自死して、新たな個体にその場で転生する魔物よ。つまり、子孫を自ら増やす必要がない。

卵を産んで子孫を作るなんて、本当にレアケース。私も前世で一度しか見たことない」

さすがにその話には興味を惹かれたらしいシノが、ミックに対するゴミを見る目をやや緩めながら、リクスにそう解説する。

そして、そんなシノに続けるように、ミックが興奮気味に言った。

「順調にいけば、今年中には新たなフェニックスの子が誕生するんだよ！

つまり！　今、魔法生物飼育部に所属すれば、〝フェニックスの卵を孵《かえ》すことに成功した部に所属していた〟、さらには〝フェニックスの子を一から飼育した〟という、無二の実績がつくんだ！

これは将来の就職においても、相当な強みになると保証しよう！」

「……なんてこった。外堀が埋まっちまった」

「うむ。それほどの実績なら、リクスの退学なぞ速攻で覆るしの」

「フン。魔法の技術自体はあまり必要なさそうだし、リクスには合っているかもね」

「うぅ……でも、なんかやだなぁ……リクス君がここの人達に関わるの……」

ため息を吐《つ》くしかない一同であった。

「一応、そのフェニックスの卵も、入部希望者のために、さらに裏手のブース内で見学できるように持ってきてあるんだけど……どうする？　見てみるかい？」

「あ、一応、まともに部員勧誘する気も、申し訳程度にあったんすね？」

「是非、見てみたいっす、先輩！　よろしくお願いします！」

リクスが張り切って頭を下げて。

やがて、一同はミックの案内で、さらに裏手のブースへと移動するのであった。

――――。


「さぁ、後輩諸君！　刮目《かつもく》したまえ！

これが本邦初公開！　エストリア魔法学院始まって以来の奇跡にして、大快挙！

フェニックスの卵だぁああああああああああああああ――ッ！

……って、んんん？」

リクス達が案内された先には、大きな卵が台座に鎮座していた。

それは、揺らめく炎のような紅の紋様が入った美しい卵であった。

だけど、どうやら先客がいたらしい。

「…………」

卵の前に、とある人物がリクス達へ背を向けて佇《たたず》んでいた。

全身をボロボロのフードマントですっぽりと覆った小柄な人物だ。背格好からは分かりづらいが、華奢《きゃしゃ》な肩の感じからどうも少女、童女といった雰囲気がある。

ただ、背中に負われた巨大な鉄塊のような斧《おの》が、その小柄な背格好と何もかもがアンバランスであった。

その小柄な人物は、余程卵にご執心なのか、もの凄《すご》い至近距離まで近づいて見つめているようだった。

そのため、フェニックスの卵は、リクス達視点からは、その小柄な人物の頭で半分以上隠れている状態である。

「ちょっと、そこの君、ここは我々魔法生物飼育部の部員の案内なしには、立ち入り禁止なんだ。申し訳ないが……」

と、ミックがその人物へ声をかけた……その時だった。


じゅる……じゅる、じゅる……じゅるっ……


その人物の方から、何か妙な音が聞こえてきた。

たとえるなら、まるで粘性のある液状物体を、口で啜《すす》るような……そんな音。

「な、なんだ？　この音……」

「あ、あれっ？　そういえば……卵の台座の周囲には、【断絶】の結界が張ってあって、近寄れないようになっていたはずで……なのに、その結界が粉々に壊されている……？」

異常事態にミックが気付いた、その瞬間。


ぐらっ！　ぼろっ！


なぜか、小柄な人物の頭越しに見える卵の上部が、横に傾いて……床に落ちた。

床に落ちたのは……大きな卵の殻だ。上下真っ二つに割れた卵の上部分。

「……え？　え？　え？」

意味不明の事態に、戸惑いしかない一同の前で。

その小柄な人物が、ゆっくりと振り向いた。

「…………？」

フードで頭をすっぽりと覆っている、綿毛のようにフワフワの金髪の少女だった。

童顔で、少女というよりはまだ童女に近い。その大粒の宝石のようなエメラルドグリーンの瞳を、大きく見開き、驚いたかのように瞬《しばたた》かせている。

そして、少女が振り向いたことで、今まで少女の陰になっていたフェニックスの卵の有《あり》様《さま》が、白日の下になる。

台座の上には、上下真っ二つに割れた卵の下半分が鎮座しており……その中は空っぽであった。

ついでに言うと、目をぱちくりさせている少女の口周りには、黄色い液体がべったりとついている。

状況から察するに……

「たっ、卵ォオオオオオオオオオオオオオオオ――ッ!?」

ミックが絶叫し、瞬時に白目を剝《む》いて、泡を吹いて倒れた。

「って、そこのお前ぇええええ!?　まさか、食べたの!?　フェニックスの卵、食べちゃったの!?」

衝撃の展開に、ランディが叫ぶ。

「汝《なれ》――うっそじゃろ!?　フェニックスの卵なぞ、価値にして小国の一年分の国家予算はくだらないんじゃぞ!?」

セレフィナも顔を真っ青にして叫ぶ。

「そ、そもそも魔法生物学的に、とても貴重なものなのに……」

アニーも呆然《ぼうぜん》と呟《つぶや》く。

すると。

「なんだかよくわからないけど、とっても美味《おい》しかったっす！　卵！」

少女はまったく悪びれもせず、ニパッと太陽のように笑った。

「この卵の持ち主さん達っすか⁉

いやぁ～、お腹《なか》が空き過ぎてつい！　本当にごめんなさいっす！

でも、傭兵《ようへい》は仁義を通すもんっす！　受けた恩はきちんと返すっす！

皆、誰かぶっ殺して欲しい人とか、負けられない戦争とかないっすか？

トラン、こう見えて結構強いっすから、きっと力になれると思うっす！」

「なんだ⁉　この誰かさんにそっくりな思考回路は⁉」

ランディがそう叫んだ、その時だった。

「トラン⁉」

そんなランディを押しのけ、リクスが少女の前に出て、驚愕《きょうがく》の表情で叫んでいた。

「え？　あれ？　お前の知り合いか？」

「トラン！　お、お前……どうしてこんな所に⁉」

するとー。

「えっ？　リクスのアニキ……？」

リクスの存在に気付いた少女――トランが、目をぱちくりさせてリクスを見つめて。

「ぐすっ……アニキ……」

不意に、トランはその大粒の宝石のような目を潤ませていた。

「アニキが死んだなんて、とても信じられなくて……諦めきれず、戦場跡でアニキを探しまくって……

ようやく見つけたアニキの匂いを辿《たど》って、はるばるこんな西の彼方《かなた》までやって来て……

ぐすっ……ひっく……またアニキに会えた……やっと会えたよ、アニキ……」

「と、トラン……」

「うわぁあああん！　アニキぃ――っ！」

次の瞬間、感極まったかのように、トランがリクスへ飛びかかっていた――背中の大斧を頭上に大きく振りかぶって――

「アニキぃいいいいいいいいいいいいいいいい――ッ！」

トランが全身の発条《ばね》を余すことなくしならせて、斧を容赦なく振り下ろす。

「うおおおお!?　トランンンンンンン――ッ!?」

リクスが咄嗟《とっさ》に剣を抜き、その稲妻のような一撃を受け流す。

交錯した剣と斧が、じゃっ！　と激しく火花を上げ――

勢い余って、振り下ろされた斧は地面を殴りつけ、盛大に爆砕させた。

「きゃあああああ!?」

「なんじゃ、このパワーッ!?」

その剣圧爆風は逃げ道を求めるように、四方八方に吹き荒れ、アニーやセレフィナ達をもみくちゃにした。後にはクレーターみたいな穴が空いていた。

「と、とととと、トラン!?　い、一体、何を……ッ!?」

「ふっ……　〝来る者は拒まず、去る者は地獄の果てまで追いかける〟……傭兵団の鉄の掟《おきて》を忘れたっすか!? アニキ……傭兵団に戻らないなら、死、あるのみっす！

だから、トランと一緒に、団へ帰るっす！

それを拒むというなら、力尽くでも――ッ！」

ぐるんと身体《からだ》を捻《ひね》って、やはり全身全霊で大斧を横一閃《いっせん》するトラン。

リクスはそれを剣で受けるが――

受けをしくじり、その衝撃で後方へカッ飛んでいった。

そして、リクスの身体はそのまま卵のブースを突き破り、勢い余って先ほどの魔物のブースも破壊していった。

「団へ帰る前に、土へ還《かえ》りそうなんですけど、俺ぇえええええええええ!?」

リクスの悲鳴が、もの凄い勢いで遠ざかっていく。

「あっ！　逃げちゃダメっすよ、アニキぃいいいいいいい――ッ!?」

ばさっ！　トランの背中に突然、まるで竜のような翼が生えて広がった（そのためなのか、背中側が大きく開いている装備をしていた）。

それを大きく羽ばたかせて、圧倒的風圧と共に加速しつつ、トランは吹き飛んでいったリクスを、放たれた矢のような速度で追いかけていく。

そして――さらなる悲劇は起こった。

「う、うわぁあああああああっ⁉　魔法生物飼育部の魔物が脱走したぞぉ⁉」

「きゃあああああああ⁉　嫌ぁああああああ⁉　触手が！　触手がぁああああああああああああああああああ――ッ⁉　んっ♥」

「ひぃいいいいいい⁉　ぼ、僕の身体が石に、石に――」（かちーん）

「ぎゃああああ⁉　食べられるぅううう⁉　助けてぇえええ⁉」（がじがじ）

生徒達で溢《あふ》れかえる表通りへ、大破したブースから魔物が脱走してしまったらしい。

凄《すさ》まじい混乱と悲鳴が、呆気《あっけ》に取られるランディ達の所にも届いてきていた。

「ああ、もう……滅茶苦茶《めちゃくちゃ》だよ……」

「な、何者なんだろ、あの子……？」

「……それは後回し。被害が広がる前に、なんとか事態を収拾するわよ」

「まったく世話が焼けるのう！」

シノが呆《あき》れたようにため息一つ吐《つ》いて短杖《たんじょう》を抜き、セレフィナが細剣《レイピア》を構え、騒ぎの中心へと駆け出していくのであった。

第二章　さらなる受難

「このままならば――貴様は即刻、退学だ」

「あっれえ⁉　悪化したぁ⁉」


トランの騒動の次の日。

エストリア魔法学院の大導師、ダルウィンの無慈悲な通達に、リクスの悲痛な叫びが室内に反響するのであった。

ここは、エストリア魔法学院の学院長室。

部屋の奥の品の良い執務机には、学院長のジェイクが着いており、その机の前にダルウィンと、同じく学院の導師クロフォードが面倒臭げに佇《たたず》んでいる。

そして、事態の中心にいた関係者ということで、シノ、ランディ、セレフィナ、アニーも、リクス同様にこの場所に呼び出されていた。

「一体、どういうことっすか⁉　年度末の進級判定考査を待たずして退学⁉　そんな理不尽なこと許されるわけないじゃないっすか⁉　なぁ、皆⁉」

同意を求めるように、リクスが仲間達を振り返るが。

「妥当だろ」

「妥当ね」

「妥当じゃな」

「妥当だと思う……」

「ちょっと君達、冷たくない⁉　俺達仲間だろ⁉」

「先生。俺達、リクスとは無関係ですけど、いつかやると思ってましたよ」

「そうね。リクスとは同じ学級に所属するだけで、普段は接点ほとんどないけど、いつかこういうことを引き起こす危険な人物だとは思ってたわ」

「トカゲの尻尾切りの判断が早い！」

リクスが、あまりにも薄情な仲間達に涙目で頭を抱える。

「とまぁ……そんな前置きと冗談はさておき、だ」

「そうね、本題に入りましょう」

「うむ」

一同を代表するように、セレフィナがダルウィン達へ問いかける。

「つい勢いで乗ってしまったがの。実際の話、リクスに対するその処分は不当だと断じさせていただこう。

フェニックスの卵の損壊についても、魔物の脱走騒動についても、リクスの過失になるようなことはほとんどありはせぬ。

責はほぼ全て、リクスの元・傭兵仲間であるトランという少女にある。

その事実関係は、周辺生徒達や魔法生物飼育部の面々から事情聴取すれば、容易に明らかになるであろ？

納得いかぬ。一体、どういう料簡《りょうけん》なのか、さすがに説明を要求するぞ」

「いいだろう、よく聞け」

セレフィナの挑発的な物言いに、ダルウィンが鼻を鳴らし、尊大に言い捨てる。

「リクス。貴様を、即刻退学処分にする理由……それはな。

トランという件《くだん》の少女が、貴様が愚かにも放し飼いにしている〝竜〟だからだ」

「……はい？　トランが？　竜？　ドラゴン？　俺の？」

意味を理解できないリクスが、口をポカンと開けて目をぱちくりさせて。

「「「…………」」」

セレフィナ、アニー、ランディもしばらくの間、無言で硬直して。

やがて。

「ダルウィン先生……認知症か……」

「この若さで大導師まで上り詰めた傑物じゃというのに、なんと労《いたわ》しや……」

などと、切なそうにランディ、セレフィナが口々に言って。

「なるほど。ならば、私がこれから何をしでかすか、私自身わからぬな……まぁ、諦めるがいい。私は認知機能に異常をきたした病人らしいからな」

ズゴゴゴ……と、いつも通りの不機嫌顔の圧力を二割増しにしながら、左手の指先に、凄まじい熱量を込めた火球を膨らませ始めて……

「「すみませんでした！」」

ランディ、セレフィナを速攻で土下座させるのであった。

すると、そんな一同の様子を見ていたシノが、呆れかえったように言う。

「まったく、貴方《あなた》達は……でも、ダルウィン先生の言うとおりよ。

いい？　リクス……あの子は、貴方の竜なの。

だから、あの子のしでかしたことは、貴方に責任があるわ」

「シノ。俺……いずれ、シノが俺のことわからなくなっても、俺はシノの友達だから」

「私まで認知症扱い、やめろ！」

シノがリクスの頭部を鷲摑《わしづか》みにして、身体強化魔法で万力のようにギリギリと締め上げていくのであった。

「はっはっは！　話が進まないな！　というわけで、クロフォード君！」

「まーた、僕っすか？　はぁ〜、面倒臭《くせ》えなぁ……」

ジェイク学院長に促され、クロフォードが気怠《けだる》げに紫煙を燻《くゆ》らせ、説明を始める。

「んーっとね。面倒臭ぇから率直に結論から言うとさ、トラン？　彼女ね……竜の生まれ変わりなんだよ」

「えっ⁉」

「証拠は、霊的な視覚で捉えた彼女のスフィアが、人間のものじゃないから。あの禍々《まがまが》しくも猛々《たけだけ》しいスフィア波長は、明らかに竜のもの……

しかも古竜種と呼ばれる、長く生きて大自然にすら干渉する能力を獲得した系だ。

人間に生まれ変わることで、その絶大なる力は鳴りを潜めているが……そんなおっそろしい存在がそこらをほっつき歩いていると考えると、僕、面倒臭くて外歩けないね」

「面倒臭いからなんですね……」

ブレないクロフォードに、アニーは曖昧に笑うしかない。

「いや、ちょっと待ってくださいよ、クロフォード先生！」

リクスが慌てて反論する。

「トランは人間なんですよ⁉　ちょっと卵から生まれて、たまに突然、変な翼が背中から生えて空を飛べるってだけの、普通の人間の女の子なんです！

　トランが竜だなんて、そんなこと、俺は……ッ！」

「どう考えても普通の女の子じゃねーだろ、その時点で」

「最早《もはや》、竜確定じゃの、コレ」

　ショックを受けたように深刻な表情で震えるリクスに、ランディとセレフィナがジト目で淡々と突っ込む。

「でも、先生……竜が人に生まれ変わるなんて、そんなこと本当にあるんですか？」

「非常に面倒臭ぇレアケースだが、歴史上、何回か報告は上がってる。

　竜とは人間の上位存在であり、古竜種ともなれば、最早、自然界の暴威の体現者だ。

　連中は、まさに生命が常に円環流転《えんかんるてん》し続ける自然そのものと言っていい。

　それゆえか、恐ろしく進化速度が速い。生物の進化は流転の中にあるからね。

　その領域に到達した竜は、死の間際《まぎわ》に、こうあれかしと願うことで、自身の存在を卵に戻し、その身体を一から望んだ形へ再構築することができる……面倒臭ぇことに、途方もない月日がかかるけどね。

　魔法生物学的には『竜の進化再誕』……確か、そんな風に呼ばれてるよ」

「なるほど……だから、俺が退学しなきゃならないんですね……ッ⁉　くっ！」

「お前が話をまったく理解できてないことはよくわかった」

ランディがいつも通り、ジト目で突っ込む。

「やれやれ、解《げ》せぬな。トランとやらが竜の生まれ変わりであることは、リクスの退学の理由にまるでなっておらぬが？」

「だから、ダルウィンが言ったろう？　トラン君は……リクス君の竜だって」

ふぅ……と紫煙を天井に吹かし、しばらく間を置いてクロフォードが言った。

「召喚獣なんだよ。トラン君は。リクス君の」

「……は？」

「えっ？」

「なんでそんな面倒臭ぇことになっているか、まるでわからないけどね……

人間に再誕したとはいえ、仮にも古竜種ともあろう存在を、リクス君はいわゆる召喚魔法でいう召喚獣にしちゃっているんだ。

ははは、これを聞いたら、召喚魔法を志している世界中の魔術師達が、嫉妬と羨望《せんぼう》のあまり戦争起こすだろうさ」

「「「ぇえええええええええええええええええええ──ッ⁉」」」

驚愕《きょうがく》の事実に、セレフィナ達が素っ頓狂な叫びを上げた。

「と、トランが竜で、俺の召喚獣だって……？」

当然、リクスも驚愕と歓喜に震えている。

「つまり……ッ！　俺には召喚魔法の才能があったのか……ッ！」

だが。

「あるわけなかろう、この愚図が」

「ないわよ。身の程を知りなさい、たかがリクスのくせに」

「ねぇ⁉　もうちょっと俺に優しくできませんかね⁉　貴方達！」

ダルウィンとシノにそう切り捨てられて、涙目になるしかないリクスだった。

と、そんな時、アニーが疑問を口にする。

「でも……変だよね？　召喚魔法の召喚獣契約って、契約相手の存在強度が大きくなれば
なるほど、契約が困難になるって……

だから、古竜種を召喚獣にするなんて、もの凄《すご》い偉業なんだって。

それで、リクス君に才能がまったくない、なんてことはいくらなんでも……」

すると、そんなアニーの疑問に、クロフォードが面倒臭そうに答えた。

「それが退学案件に繋《つな》がることでね……一方通行の契約なんだよ、トラン君からリクス君

への」

「……えっ？」

「通常、召喚魔法による召喚獣契約は、マスターから召喚獣に対する支配契約、召喚獣からマスターに対する隷属契約の双方が結ばれて、始めて成立する。

だというのに、二人の間には、リクス君からトラン君への支配契約がない。

トラン君からリクス君への隷属契約はすでに存在しているというのにね。

おかしな話なんだよね……もう考えるのも面倒臭ぇ……」

「学院の生徒が、自身の召喚獣を従者として学院内に持ち込むことは、魔術師の当然の権利として認められている」

ここでダルウィンが淡々と口を開いた。

「ただし、それは双方向の契約を結び、召喚獣の存在を、マスター側が完全に掌握制御できている場合の話だ。

未契約状態、あるいは不完全な契約状態での召喚獣の持ち込みは厳禁されている。

つまり、このままならば、貴様は召喚獣を使役する魔術師の最低限の責任を放棄していると見なされ……その処分は、即刻退学に値する、というわけだ。

嫌ならさっさと再契約しろ、戯《たわ》けが」

「な、なんですと……ッ!?」

リクスがガタガタ震える。

「あの……再契約って……それ多分、召喚魔法で色々やるんですよね？　俺、普通のスフィアないから、魔法使えないんですけど……？」

「知るか。なら死ね」

相変わらず無慈悲なダルウィンに震えるしかないリクス。

そんなリクスへ、さらにジェイク学院長が追い打ちをかける。

「あ、ちなみに、リクス君！　召喚獣のやらかした不始末は、基本、マスターの責任だ！　つまり、貴重なフェニックスの卵を壊すという問題行動、魔物を暴走させて学院内を大混乱に陥《おとしい》れた責は、残念ながら君にある！　と、いうことに世間的にはなる！　はっはっはっ！　学院理事会の君に対する印象はただでさえ悪いのに、今回のこの事件……恐らく現在底値！　君の対外的な内申点もストップ安だろうな！　トラン君との契約の話が片付いたとしても……退学を免《まぬが》れるには、その不始末を覆《くつがえ》すほどの成果が必要になると思う！

さらには就職もすでに相当不利になっているはずだ！

しかし、若さで頑張ってくれ！　負けるな、ファイトだッ！」

「な、な、な……」

あまりにもあんまりな事態に、リクスは震えながら天井に向かって叫ぶしかなかった。

「うおおおおおおおおおっ!?　迷子過ぎるぞ、俺の将来ぃいいいいいい──ッ！」

第三章　トランの謎

「とりあえず、状況を整理しましょう」


作戦会議は、シノの音頭《おんど》で始まった。

現在、本日の午前中の授業が終わって昼休み。

学生食堂のいつもの一角を陣取ったリクス達は、それぞれ注文した昼食にありつきながら、シノの話に耳を傾ける。

「まず……リクスの成績不振による退学案件。とりあえず、これは保留。今後も引き続き、リクスを入れてくれて、かつ、学年末までになんらかの成果を出せそうな部活動を、根強く探し続けるしかないわね」

「ええと……やっぱり魔法生物飼育部に入るってのは……駄目かな？」

「あの部長、東方呪術の〝丑《うし》の刻参り〟をやってたわよ、貴方《あなた》の髪で」

「よくわからないけど、滅茶苦茶《めちゃくちゃ》に嫌われたのはわかった」

目幅の涙を、だーっ！　と流すリクスである。

「早急に解決しなければならない問題は、やっぱり、リクスの即刻の退学案件。つまり、貴方の召喚獣トランのことね」

「トランかぁ……あの子が、俺の召喚獣かぁ……」

リクスがライ麦パンを口にくわえながら、頭の後ろで手を組み、天井を見上げる。

「正直、実感が湧かないなぁ……その話、本当なのぉ？」

「まぁ、私の見立てでも間違いないわね。トランから貴方へ一方通行のパスが通ってた」

「はぁ……マジかぁ……」

シノの断言に、リクスはため息を吐《つ》いた。

「トランとは、傭兵《ようへい》仲間としてずっと一緒に戦ってきたけどさぁ……まさか、あの子が俺の召喚獣だなんて、夢にも思わなかったよ」

「魔法は、因果律という法則に縛られるわ。結果があるなら、それに至る原因が必ずあるはず。この契約関係に関して、何か心当たりは？」

「いや、まったくない。そもそも、俺、魔法なんて使えないし」

するとセレフィナが芋のスープを口に運びながら、疑問を挟んだ。

「そもそも、トランからリクスへ対する一方通行の契約、というのが変じゃの」

「そうだよね……普通、召喚獣契約は魔術師側から実行した時点で双方向に結ばれるものだもんね……片側だけしか結ばれないなんて、そんなことあるのかな？」

「ないわね。《宵闇の魔王》だった前世の朧気《おぼろげ》な記憶を探っても、そんなケース、見たことも聞いたこともないわ」

「「「うーん……？」」」

セレフィナ、アニー、シノが難しい顔で唸《うな》るのであった。

「ところでよ、リクス」

すると、今までパスタを黙々と口に運びながら考え込んでいたランディが、ふとリクスに聞いた。

「お前とトランって、所属していた傭兵団の仲間だったんだろ？」

「ああ、そうだよ。俺の妹分みたいなもんかな？」

「ふむ……じゃあさらに聞くけどよ、トランとはどういう風に出会ったんだ？」

「そうね、確かに。リクス自身に契約の心当たりがないなら、彼女との最初の出会いの時に、何かがあった……と考えるのが自然ね」

「俺とトランの出会いねぇ……」

リクスがポリポリと頭を掻《か》きながら、自身の過去の記憶を掘り起こしていく。

「そうだなぁ……俺がとある戦場跡地で卵を見つけたのが切欠かな？」

「卵？　なるほど……彼女、『竜の進化再誕』の最中だったのね」

「うん。そしたら、俺の見ている前でその卵が割れて……すっぽんぽんのアイツが出てきて……それが俺とトランの出会いかな」

「ふうん？」

　すると、リクスが昔を懐《なつ》かしむように目を細めた。

「ははは、懐かしいな……俺、すっぽんぽんのトランを見てさ……どうしても我慢できなくなって、アイツを襲って食おうとしたんだっけ……（食材的な意味で）

　団長達が駆け付けてくれなかったら、どうなっていたことやら……」

「「「…………」」」

　途端、その話を聞いたシノ達が全員、石像のように硬直して。

　やがて。

「……襲って食おうとしたのか（性的な意味で）」

「キモ過ぎ。このペド野郎」

「最低じゃな。将来、汝《なれ》を雇用する件も、今一度考えさせてもらうレベルじゃ」

「見損なったよリクス君……」

　口々に罵り、ゴミを見るような目でリクスを流し見て。

「俺が最低なのは認めるが、その最低の方向性が、俺と君達で、何か決定的に食い違っている気がする」

リクスがジト目で、珍しくツッコミに回るのであった。

「仕方なかったんだよ！　俺も戦場の極限状態で、色々と限界でさぁ⁉」

「……限界だったのか（性的な意味で）」

「キモ過ぎ」

「最低じゃな」

「不潔だよ、リクス君」

「なんかもう、何を言っても駄目な流れかな⁉　コレ⁉」

リクスは頭を抱えて叫ぶしかなかった。

「ま、言うて、コイツがそんな外道なことするやつとも思えねえからな……何か誤解がある気がしないでもないんだが……」

「……じゃの」

「う、うん……そうだよね……」

「まさか文字通り、食材的な意味で食べようとしたのではなかろうか？」

「そこまでバカじゃねーだろ……さすがに」

そんな風に、ランディとアニーとセレフィナが、ひそひそ言い合っていると。

そんな一同を余所《よそ》に、シノは顔色を変えず、淡々と続ける。

「まぁ、それはさておき。リクス、これから貴方が取るべき道の候補は二つよ。

まず一つ目。〝トランと再契約を結び、召喚獣としてのトランを、完全に貴方の支配下に置くこと〟」

「トランを完全に俺の召喚獣に……？」

「そう。これなら、今の貴方の学院側の評価は地の底だろうけど、それを覆す〝古竜種を召喚獣にした、希有《けう》な魔術師〟という箔《はく》がつくわ」

「んー……？　なんか、それヤだな……あいつを物扱いしているみたいで」

「貴方は魔術師になるんでしょう？　だったら割り切りなさい。

それに……これは、むしろ彼女のためでもあるわ。

今の彼女は、ある意味とても危険な状態なんだから」

「……？」

シノの謎の言い回しに、小首を傾《かし》げるしかないリクス。

「とはいえ、貴方は魔法が使えない。こっちのルートは、ほぼ絶望的でしょうね」

と、その時だった。

「そうか……なぁ、シノ。俺とトランの召喚獣契約を、君が代わりに結んでくれる、みたいなことはできないのか？」

純粋に思いついたらしいリクスが、そう問うが。


「「「…………」」」


なぜか、シノも、ランディも、セレフィナも、アニーも、気まずそうに押し黙る。

「……？　どうしたの？　皆」

「い、一応……第三者の私が、貴方に代わって、二人の召喚獣契約を結ぶ方法は……あるには……ある、けど……」

どこかシノの歯切れが悪い。

顔をやや赤らめ、視線を泳がせている。

「なんだ、あるのか！　じゃあ、やってよ、シノ！　今すぐ！」

「ちょ、ちょっと待ちなさい……あのね、そのためには……私と貴方が、とある特別な魔法契約を結んで、互いの魂と存在を霊的に接続しておく必要があるわ。

そうすれば、私は貴方の名代として、契約を代行することができる……けど……」

「ん？　つまり、俺とシノがその契約をすればいいんだろ？　しようよ」

ぐいぐいと、隣に座るシノへ詰め寄っていくリクス。

すると、シノはその白い頬を徐々に火照《ほて》らせていき、顔を逸《そ》らし、ますますしどろもどろになっていく。

「いや……あの、だからその方法が……ええと……こないだ貴方を人間に戻した方法の、もっと深いバージョンというか……」

魔術師の男女間で行う魔法契約としてはわりとポピュラーな方法だけど……でも、こういうの私達にはまだ早いっていうか……えっ、えっと、その……だから……」

「いまいち要領を得ないなぁ。その契約って、具体的に何をするの？」

「だ、だから、そんなの言わなくてもわかるでしょ⁉　セッ……、……、エッ……、……、……魔術師的には『契《ちぎ》る』と呼ばれる行為よ……」

消え入りそうな声だった。

「契る？　よくわからないけど、俺とシノが契ればいいのか？

だったら頼む、シノ！　君と契らせてくれ！　今すぐ、君と！　この場で！

頼むから契らせてくれ！　金ならいくらでも払うから！」

「れ、連呼するな！　金とか言うな！」

シノの顔がついにトマトのように真っ赤になっていた。

そして、「金払うから契らせてくれ」と連呼するリクスとシノの騒ぎへ、辺りの一般生徒達が、うわぁ……という顔で視線を集めている。

やがて、リクスは頑《かたく》なシノに見切りをつけたのか、セレフィナやアニーを振り返る。

「こんなに頼んでいるのに契らせてくれないなんて！　けち！　わかったよ、もう君には頼まない！　セレフィナ！　アニー！　君達に頼みがあるんだけど！」

「ふぇっ⁉」

「えっ⁉」

突然、矛先を向けられ、セレフィナとアニーの顔も、パッと赤くなる。

「シノの代わりに、ちょっと君達と契らせてくれない⁉」

「ふぇええええええ⁉　ちょ、リクス⁉　汝《なれ》、いきなり、それは――ッ⁉」

「あわわわ⁉　わ、私の初めてを、そんな軽い遊びみたいに――ッ⁉」

「そ、そういうの、余は、もっと段階を踏んでからと思っててじゃな――ッ⁉　まずはデートしたりとか、手を繋《つな》いだりとか、はわわわわ」

「あ、遊び慣れてる俺様系に滅茶苦茶《めちゃくちゃ》にされるシチュにはちょっと憧れてたけど！　でもでもそれは妄想の話でぇ～～っ！」

突然のことに、セレフィナとアニーの目は混沌《こんとん》にぐるぐる渦巻いており、もうすっかり正気ではなさそうだった。

「なんかよくわからないけど、要するに女だったら誰でもいいんだろ⁉

もうこの際、誰でもいいよ！　誰か、俺と契らせてくれぇぇぇぇぇぇぇぇぇ――ッ！」

男として最低最悪なリクスの叫びが、食堂一杯に響き渡って。

その場に居合わせた食事中の一般生徒達が、まるでゴミを見るような目でリクスを冷たく射貫《いぬ》いていて。

「すげえな、リクス。今日だけでお前、どんだけ評判落とす気だ？　わざとか？」

ランディは虚無の表情で、そんなリクスの様子を流し見るのであった。


「い　い　か　げ　ん　に　し　ろっ！」


ずんっ！　怒りのシノが短杖《たんじょう》を振るい、リクスへ魔法で超重力をかける。

べしゃっと、リクスがその場に突っ伏す形で潰れて、ようやく大人しくなった。

「とにかく、こっち方面はダメ！　さすがにそんなに安売りする気ないし！

そもそも契ったところで、古竜種との再契約を最後まで執り行えるかどうか、わからないし！」

「や、やっぱりよくわからないけど……シノがそう言うなら、そうなんだな……あっ！　そうだ！　だったら、シノ、セレフィナ、アニーの三人がかりでやればいいんじゃないかな⁉　さぁ、三人とも、俺と契……ぐえっ！」

「まだ言うか。いい度胸ね、この女の敵」

「リクス、今は黙ってろ……後で、俺が魔術師の男女間の特別な契約方法について、色々と教えてやるから……」

念入りにリクスの後頭部を踏みつけているシノに、ランディがため息を吐《つ》いた。

そして、シノが話を続ける。

「というわけで。リクス、貴方《あなた》が取るべきは二つ目よ。

〝トランと交渉して、トランからリクスに結ばれている隷属契約を破棄させる〟。

中途半端《ちゅうとはんぱ》な契約が、退学案件に引っかかっているのだから、そもそも、トランという召喚獣を放棄すればいい」

「ま、それしかないよな。新しく契約を結ぶのと違って、契約の破棄はマスター側の同意さえあれば、第三者が代わりに破棄させることは、そう難しくないんだったか？」

「苦労して契約した召喚獣を、望んで他者に放逐させるマスターなんて、普通、いないでしょうけど、その通りよ」

シノが頷《うなず》いた。

「それに、その場合の破棄の際には、マスターが召喚獣の近くにいないと駄目という条件もあるけど……まぁ、今のリクスにはこれが一番、現実的じゃないかしら？」

「なるほど。……となると問題は、だ」

シノの重力場から、やっとこ這《は》いずり出たリクスが、よろよろと立ち上がる。

「トランのやつ、どこへ行ったんだ？」

そう。先の騒動の後、トランは完全に行方をくらましてしまったのだ。

トランの目的は、リクスを傭兵《ようへい》団に連れて帰ることだから、きっとこの学院のどこかにいるのだろうが、人一人をアテもなく捜し当てるには、この学院は広すぎる。

「お前って、本当に次から次へと問題が尽きないよな」

「くっそぉおおおおお！　一体、どこに行ったんだ、トランンンンン⁉」

——と、その時だった。

「いやぁ～っ！　ここのご飯、とっても美味《おい》しいっすねぇ～っ！

いっくらでも食べられるっす～」

不意に、聞き覚えがある声が、後方から聞こえてきた。

「……は？」

リクス達が振り返ると、そこには──

いつから、そこに陣取っていたのだろうか？

食堂に並ぶ長テーブルのとある一角に、トランが腰かけており、食事をしていた。

いや、それは〝食事をしている〟という生やさしい表現では決して言い表せない。

トランの周囲に堆《うずたか》く積み上げられているのは、見上げるほど高い無数の皿の塔。あまりもの高さに、すでにバランスが不安定で、ぐらぐらと揺れており、今にも倒れそうだ。

そして、まるで食堂のメニュー展覧会でも開いているんじゃないかと思わせるほどに、様々な料理の皿が、その一角に所狭しと並べられている。

それらを、トランがお行儀悪く、手づかみで片端からバクバク食べている。

しかも一皿が消えるのがあまりにも早すぎる。大きなローストビーフの塊や、大盛りのスープが、まるで手品のようにトランの口の中へと吸い込まれていく。

「トランンンンンンンンンンンン──ッ!?」

トランの姿を認めたリクスは、ここで会ったが百年目と、鬼神の表情でトランの元へ向かうのであった。

「おい！　トラン！　お前、こんなところで何やってるんだ⁉」

「あ、アニキ！　ちぃ〜っす！」

特に悪びれもせず、トランがリクスへニコッと笑いかける。

「見てわからないっすか？　ご飯っすよ、ご飯。やっぱり、傭兵は身体《からだ》が資本っすからね！」

「いやまぁ、そりゃそうだが」

「ご飯中は休戦ってのも傭兵の流儀っす！　でも、腹ごしらえしたら、またアニキに襲いかかりますから！　首を洗って待っててくれっす！」

「昼飯より価値の低い俺の命について！

ところで、お前、なんでここの学食使ってるんだよ⁉」

全寮制であるため、エストリア魔法学院の学食は基本無料である。

だが、当然、それは学院関係者のみに限る話だ。

「え？　何かトラン、アニキの『ショーカンジュウ』らしいんっすよ。

だから、食堂のおばちゃん達が、トランも食べてＯＫだって！」

「あっ……そう……」

「トランがお腹《なか》いっぱい食べられるのはアニキのおかげっす！　ありがとう、アニキ！」

「でも……食べ終わったら、俺を襲うんだろ？」

「当然！　首を洗って待っててくれっす！」

「はぁ〜〜……」

盛大にため息を吐くしかないリクス。

そんなリクスの前では、トランが無邪気にパクパク食事を続けている。

実に美味しそうに食べるので、微笑《ほほえ》ましい。

（思えば、出会った時から、こいつはそうだったな……）

とにかく、周囲……というか、リクス限定で振り回してくるのだ。

たとえるなら、飼い主の周囲をぐるぐる回ってじゃれつくあまり、飼い主の足をリードでぎちぎちに縛り付けて転ばせる悪戯《いたずら》犬みたいな……そんな雰囲気。

なぜか、初顔合わせの時からリクスを〝アニキ〟と呼んで、慕ってくるトラン。

その理由はまったくわからない。

本人に聞いても、〝なんとなくそんな感じ〟みたいな、ふわっとした答えしかない。

トランがヤケクソのように強くて、戦友として頼れるので、実利を何よりも重んじていた傭兵時代は、特にこの件を気にしなかったが……トランはなぜ、ここまで自分を慕ってくれるのか、改めてやはり気にはなってくる。

（いや、まぁ……殺されそうになってるんですけど）

気を取り直し、リクスは幸せそうに食事を続けているトランへ向き直る。

そして、真剣な表情で言った。

「なぁ、トラン」

「んっ？　なんすか？」

「お前や団長に黙って、団を抜けたのは、その……謝る。だけど、聞いてくれ。俺……魔術師になりたいんだ」

「あ、アニキ……？」

「俺、魔術師になって……将来、戦いとは無縁の職業に就き、可愛《かわい》い嫁さんもらって、孫達に囲まれてベッドの上で死にたいんだ……」

「締まらねえな」

「いつになく真剣な顔だけに、余計にの」

背後からランディとセレフィナのツッコミが聞こえてくるが、今はスルーである。

「だから、俺は団を抜け、このエストリア魔法学院へやってきたんだ。いくらトランが俺を連れ戻しに来たとしても俺は、もう傭兵には戻らないよ。それこそ、たとえ死んでもな。だから……」

と、その時だった。

「そんなのダメっすよ、アニキ！」


辺りに、トランの叫びが響き渡っていた。

その言葉は、それまでの無邪気な子供の口調ではない。

どこか切羽詰まったような、それでいて哀《かな》しげな響きが含まれていた。

「……トラン？」

「そんなの……そんなのダメっすよ！　アニキが戦いをやめちゃうなんて……ッ！」

トランが立ち上がり、必死にリクスへ縋《すが》ってくる。

「アニキ、言ってたじゃないっすか！　〝俺は、しょせん、剣で戦うしか能がない男だ〟って！　〝戦いの中でしか生きてる実感が持てない、壊れた人間だ〟って」

「……ッ⁉」

「トランも同じっす……トランも戦うコト以外、何の役にも立たないっす……だから、アニキと一緒に約束したんじゃないっすか……〝死ぬまで一緒に戦おう〟って……〝いつも二人一緒に戦えば、アニキもトランも要らない子じゃなくなる〟って……でも、アニキが戦いをやめたら、トラン、要らない子になっちゃう……」

そんな哀しげに、切なげに目を伏せるトランに。

リクスはふと――真顔で思った。

(……え？　俺、そんなこと言ったっけ？　そんな約束したっけ？)

あの日、トランと初めて出会って以来、まったくもって身に覚えがなかった。

だが、嘘《うそ》や捏造《ねつぞう》にしては、トランの表情は切実なものだ。

仲間達に見解を聞こうと、リクスは振り返る。

「なぁ、皆。今のトランの言葉……どう思う？」

すると、ランディがリクスの肩をぽんと叩《たた》き、セレフィナが腕組みしてうんうん頷きながら口々に言う。

「お前にもそういう時期があったんだな……背中がむずがゆいぜ」

「うむ、多感な頃は、どうしても自己特別感を演出したくなるものじゃからの」

「いや！　そういうことじゃなくてさぁ⁉」

生暖かい目を向けてくる二人に、リクスが吠《ほ》えかかる。

「わかるだろ⁉　俺の普段の言動を鑑《かんが》みれば！

俺はもう戦いたくないの！　だから言うわけないんだよ、そんなこと！　するわけないんだよ、そんな約束！　まったくもって身に覚えがない！」

「え……？　アニキ……それ……マジで言ってるんすか……？」

すると、トランは本当に深いショックを受けたように目を見開き、俯《うつむ》いてしまう。

「酷《ひど》い……酷いよ、アニキ……ぐすっ……ぅ……ひっく……うぅ……」

そして、さめざめと涙を零《こぼ》し始めるのであった。

そんな捨てられた子犬のようなトランの様子を見て。

「最低ね」

「最低だな」

「最低だよ」

「最低じゃな」──

「俺の信頼度、驚きの低さッ⁉」

仲間達からゴミを見るような目で流し見られ、リクスが頭を抱えるのであった。

「だ、大体さぁ！　俺だって、そんな大事な約束を、大事な妹分としてたら、無責任にほっぽり出して、一人で勝手に団抜けたりしないよ⁉　さすがに！」

「ま、そういうことにしておいてやるよ」

「はぁ～、約束を守れぬ口だけのつまらん男はいつだって後付けで言い訳ばかりじゃ」

「ねぇ、俺、何か君達に恨まれるようなことしたっけかな⁉」

と、その時だった。

「茶番は終わりよ。リクスが己の言葉に責任持てなかったり、約束を反故《ほご》にする最低男だということは、この際、どうでもいいわ」

仲間達の一番後ろにいたシノが、ランディとアニーを押しのけて、グズグズ泣いているトランの前に出てくる。

「待って、シノ。俺、どうでもよくないんだけど」

「どうでもいいわ」

縋ってくるリクスを押しのけるシノ。

「今、一番の問題はね。トラン、貴女《あなた》がリクスの中途半端《ちゅうとはんぱ》な召喚獣であるせいで、リクスが望まぬ退学をさせられかねないということよ」

びっ！　シノは俯くトランの鼻先へ、短杖《たんじょう》を突きつけた。

「破棄させて貰《もら》うわ、その契約。言っておくけど、これは貴女のためでもある」

そう言って。

なんらかの呪文を唱えながら、シノが魔力を高め始めた……次の瞬間だった。

「シャア！」

突然、目を鋭く怒らせたトランが手を伸ばし、シノの杖を持つ手を握りしめる。

めぎっ……トランの壮絶な握力で、シノの手の骨が軋《きし》みを上げる。

「……うぐっ⁉」

シノは激痛に顔を顰《しか》めて硬直して。

「グルルルルルルルルルルルルルル――――ッ！」

鬼の形相でシノを睨《にら》み付けるトランの喉奥から、獣の唸《うな》り声が漏れる。

同時に、トランの存在感が膨れ上がっていた。

「ひっ……」

「……ぅ、ぁ……？」

「なん、じゃ……これは……っ⁉」

アニーも、ランディも、セレフィナも、全身から噴き出す冷や汗が止まらなかった。

トランはこんなにも小柄な少女なのに。一見、無邪気な子供なのに。

だというのに、まるで山のように巨大で、強大な何かと対峙《たいじ》しているような、そんな威圧感と存在感。

蛇に睨まれた蛙《かえる》の心境が容易にわかる、絶望と恐怖。

この時、アニー達は確信する。

今まで、トランが竜と聞いても、どこか現実感がなかった。どこか半信半疑だった。

だが、この少女は間違いなく〝竜〟なのだと。

人よりも遥《はる》か高みに存在する上位者――〝竜〟の生まれ変わりなのだと。

今、はっきりとそう魂で確信したのであった。

「……くっ……ぅ……」

シノがなんとかして、トランの拘束から逃れようとするが、まるで万力にでも挟まれたかのようにびくともしない。

シノがいくら暴れても、トランの身体《からだ》はぴくりともしない。

「〝下郎が……この我から、剣士殿への誓いの絆《きずな》を……我の全てを奪うつもりか？〟」

トランの小さな口が紡《つむ》ぐ言葉は、明らかに人の言葉じゃない。

音自体は、獣の唸り声そのもの。

だけど、不思議とそれを聞く者には、その意味が分かる。

（……竜言語《ドラグイッシュ》……ッ!?　いえ、それよりも……この子、何か知ってる……ッ！　リクスとの中途半端な契約について……ッ！）

表情を苦悶《くもん》に歪《ゆが》ませながらも、思考を冷静に回していくシノ。

だが、トランの込める力は刻一刻と増していって、

「〝いっそ、ここで始末してやろうか？　魔王〟」

「……ッ!?」

トランの口から突いて出た信じられない単語に、シノがはっと目を見開いて。

そして、今、まさにシノの腕が、トランによって完全に握り潰されようとしていた……

その時だった。

「……やめろ、トラン」

リクスが剣を抜き、トランの首筋に突きつけていた。

「シノを傷つけるな。シノは俺の大事な友達なんだ」

「り、リクス……」

「〝…………〟」

「お前がシノを傷つけるなら……俺は、お前と戦わざるを得ない」

しばらくの間、一同が固唾を呑《の》んで見守る中、リクスとトランが真《ま》っ直《す》ぐ睨み合う。

やがて。

「〝ふっ……それは我の本意ではないな。

いいだろう、下郎。剣士殿に免じて、貴様の無礼、不問にしてやる〟」

トランが、シノの手を離した。

「大丈夫か？　シノ」

「ええ、ちょっとヒビが入っただけ……」

苦い表情で腕を押さえるシノへ、リクスが気遣うように声をかける。

「〝だが、その矮小《わいしょう》で脆弱《ぜいじゃく》なる魂に刻め、か弱き者共よ。

我と剣士殿の誓いの絆に触れる者は、何人《なんぴと》たりとも死あるのみなのだと〟」

最後にそう言い残して。

ふっと、トランから膨れ上がっていた威圧感や存在感が、不意に消え去った。

急速に萎《しぼ》んでいく場の緊張感。

そして。

「ん……あ、あれぇ……？　トランってば、今、一体、何を……？」

どこか夢見心地なトランが、辺りをキョロキョロしている。

もうすっかり、元のトランへと戻っていた。

「……やれやれ、なんていうか」

「じゃな……思った以上に根の深そうな問題じゃな、これは……」

ランディとセレフィナがため息を吐《つ》くのであった。


――――。


――一方。

食堂に居合わせたその人物は、リクスやトラン達の様子を観察しながら物思う。

（なるほど……彼女が古竜種の生まれ変わりであるということは、どうやら本当に間違いなさそうだ）

その人物の正体は《祈祷派《きとう》》。エストリア魔法学院において禁忌とされている祈祷魔法を追求する、禁断の学閥である。

この人物が《祈祷派》などとは、周囲の誰も夢にも思っていないことだろう。

（なにせ、今世の《宵闇の魔王》があの体《てい》たらく……協力を取り付けるのは難しい。ならば、我々は自身らの力で、祈祷魔法の神髄に到達しなければならない。

当然、その道は困難を極めるが……）

その人物は、目をぱちくりさせているトランを流し見る。

（あの中途半端な契約に縛られている古竜種……〝使える〟な。

……仕掛けてみるか）

そう心に決めて。

その人物は密《ひそ》かにほくそ笑むのであった――……

第四章　召喚魔法

「退学回避のためには、トランとの召喚獣契約をなんとかする。

そして、部活動も探して成果も出す。詰んでない？　これ……」

トランと再会を果たした昼休みも終わって。

学院校舎内を、本日の午後の授業が行われる場所へと移動しながら、リクスが弱気にぼやいていた。

そんなリクスを、シノが呆《あき》れたように叱咤《しった》する。

「しっかりなさい、リクス。それらを考えるのは、どの道、放課後のことよ。

今は次の授業に集中なさい」

「じゃな、これ以上、成績を落とすわけにはいかん。

件《くだん》の課外活動の成果でも挽回《ばんかい》できぬほどになったら本末転倒じゃしの」

「勉強のことだったら、私達が力になるから、がんばろう？　ね？」

シノ、セレフィナ、アニーがそれぞれの言葉でリクスを励まして。

「いや～っ！　なんかよくわからないっすけど、大変っすねぇ、アニキ！」

リクスの傍《そば》をトコトコついてくるトランが、あっけらかんとそう言った。

「……俺の今の状況、八割くらいお前のおかげなんだけどな、トラン」

「？？？　トランのおかげ……？」

恨みがましい目で見下ろしてくるリクスに、トランがキョトンとする。

そして、親指を立て、とても良い笑顔でこう言った。

「よくわかんないっすけど！　アニキの力になれたのであれば、光栄っす！」

「皮肉も通じないかなぁ!?」

ぐわしっ！　とトランの頭を両手で摑《つか》み、激しくシェイクするリクスであった。

「で？　トラン、なんでお前、急に俺達と一緒にいることにしたんだ？」

「ふっ……忘れたっすか？　アニキ。トラン達、戦場に生きる者の鉄則を！」

ない胸をピンと張りながら、トランはドヤ顔で言った。

「〝敵を知り、己を知れば、百戦危うからず〟！」

「うん、知ってる。俺達は敵も己もあまりにも知らなすぎて、百戦ずうっと危うかったけどな。……で？」

「アニキに相応《ふさわ》しいのは血みどろの戦場っすけど、そんなアニキが、どうしてこんな場所へやって来たのか？　トランは賢いから、この場所がどういう場所なのか、まずは敵情視察することにしたっす！

どうせこんな場所、きっとアニキには相応しくないに決まってるっす！

だから、それを知ったら、遠慮なくぶっ壊せて、何の後腐れも心置きもなく、アニキを連れて帰れるっす！」

「なんか、使い方間違ってるんだよなぁ……後、普通に怖いよ、妹分……」

そんなリクスとトランのやり取りを前に、ランディがシノへ耳打ちする。

「なぁ、シノ……あいつ、大丈夫なのか？　その……さっきのアイツの様子、明らかにおかしかっただろ……？」

「ええ、確かにあの子には何かがあるわ。その何かの正体はまだわからないけど」

シノが軽く嘆息しながら、ランディに応じる。

「でも、恐らく、あの子はリクスとの召喚獣契約に触れない限り、危険はないはずよ」

「だといいんだが……」

と、その時だ。

「しかし、トラン。汝《なれ》は滅茶苦茶《めちゃくちゃ》な奴《やつ》じゃが、腕は立つし、可愛《かわい》い。

余は汝《なれ》のこと気に入ったぞ！　将来、リクスと共に、余の配下にならぬか？」

「もう、セレフィナさんったら、すぐ勧誘するんだから。ところで、トランちゃん。さっきは凄《すご》く食べてたね。良かったら口直しにこの飴《あめ》、食べる?」

「二人ともありがとうっす! 感謝感激、雨霰《あめあられ》っす! お礼にこの学院をぶっ壊す時、二人だけは見逃してあげるっす!」

シノとランディの耳に、トラン達のそのような会話が飛び込んで来る。

本気とも冗談とも取れない、あまりにも物騒で無邪気すぎるトランの返答に……

「なんか……別の意味で、俺達の傍にいさせるの危険じゃね……?」

「傭兵《ようへい》流ジョークか……あるいは単純に倫理観の欠如か……判断し難《にく》いわね」

まさに、いつ暴発するかわからない爆弾を小脇に抱えているような気分に、シノは疲れたようにため息を吐くのであった。

「それでも、あの子は、私達の監視下に置いておくべきよ。

なんとかして、リクスとトランの奇妙な契約関係の謎を解かなきゃだし……それに、手綱の握り手がいない、はぐれ召喚獣は放置したらロクなことがないんだから」

────。

そこは、召喚魔法の授業に使われる教室であった。

導師が生徒達の前で召喚魔法を実演するため、中央に魔法陣が敷設《ふせつ》された円形の舞台がある闘技場のような構造をしている。

そんな教室の一角にて、授業開始を待ちながらランディが呟《つぶや》く。

「しかし、召喚魔法の授業……どんな先生が来るんだろうな？」

「そうね。召喚魔法の導師であったアンナ先生が、諸事情により〝退職〟して以来、ずっと授業が中止だったものね」

「……ああ、そうだな」

ランディの呟きに、シノが淡々と応じ、リクスがやや苦い表情で頷《うなず》く（ちなみにリクスの隣では、トランが物珍しそうに周囲をキョロキョロしている）。

そう、それは今から二週間ほど前の話だ。

導師アンナ＝ピヨネルは、元々召喚魔法の導師であったが、魔術師に必要なスフィア開放に苦戦していたシノとリクスに根気強く指導してくれた先生でもあった。

だが、その正体は、禁断の学閥《祈祷派》のメンバー。

前世が《宵闇の魔王》であるシノの力を目当てに近づいただけであり、ついにはシノへその毒牙《どくが》を向けたが、死闘の末、リクスがそれを退けたのである。

「この学院の導師達……なんていうか総じてアクが強すぎね？」

「あ、アルカ先生みたいな、わりと常識的な人もいるから……」

一体、召喚魔法の導師はどんな人が来るのやら……リクス達が緊張していると。

やがて、授業開始の鐘ぎりぎりになって教室の扉が開き、とある人物が姿を現した。

入ってきたのは、貴族然とした佇《たたず》まいの、いまいち年齢不詳な美女だ。

アップに纏《まと》めた紫の髪に、血の色の瞳。血色の薄い、蝋《ろう》のような白い肌。

妖艶《ようえん》な大人の淑女にも、瑞々《みずみず》しい少女のようにも、つぼみのような童女のようにも見えるその人物は——

「皆さん。遅れてしまい、大変申し訳ありませんわ」

「「「アルカ先生⁉」」」

なんと、普段は黒魔法の授業を担当しているアルカ＝クラウディアであった。

「前任のアンナ先生に代わり、本日より臨時で、《白の学級》の召喚魔法の授業を受け持ちます、アルカ＝クラウディアですわ。

実は、本日の食堂の日替わりデザートのプディングが絶品でして。

我を忘れて堪能《たんのう》していたあまり、昼休みが終わっていたことを失念するなど、わたくしもまだまだ導師としては未熟ですね……ふふふ」

「あ、あれ？　で、でも、アルカ先生って、黒魔法の導師ですよね!?　召喚魔法は専門外じゃ――？」

と、そんな誰かが零《こぼ》した疑問の声に、アルカが答えた。

「――と、お思いの皆さん、ご安心を。

話は変わりますが、存在強度による掌握難易度によって、召喚獣のランクがE級からS級まで存在することは、すでにご存じですよね？」

「〝我が招致に応じなさい、聖なる炎と魂の導き手よ〟」

アルカが人差し指を掲げ、その指でさらさらと虚空《こくう》に五芒星と魔法文字を描きながら、呪文を唱えると。

次の瞬間、虚空に描かれた魔法が紅に発光して、視界を赤熱させて。

アルカの傍《かたわ》らに紅蓮《ぐれん》の炎《ほのお》が渦を巻いて――燃え滾《たぎ》る灼熱《しゃくねつ》の炎が、真紅に輝く大鳥の姿を形作る。

翼を広げ、アルカの伸ばした腕に止まったそれは——

「「「——ふぇ、フェニックスぅううううう——ッ⁉」」」

なんとS級召喚獣として有名な、不死鳥フェニックスであった。

「嘘《うそ》だろぉおおおおお⁉」

「確かA級召喚獣の掌握で、召喚術師としては超一流なんすよね⁉」

「S級なんて、確か前任のアンナ先生ですら無理だったはず——ッ⁉」

「S級召喚獣の掌握なんて、もう伝説級の召喚術師じゃ——？」

そして、その驚きは、ランディやリクス達とて例外ではない。

「いや、驚いたぜ……まさか、な」

「ああ……まさか、アルカ先生が焼き鳥を出すなんてな……ッ！」

「とても美味《うま》そうで、驚いたっす！」

「一応、突っ込むけど、お前ら、驚くポイント違うよ？　後、焼き鳥ちゃう」

目を丸くしている生徒達の前で、アルカが穏やかに微笑《ほほえ》みながら指を一振りし、フェニックスを虚空へ送還しながら言った。

「身体強化魔法、黒魔法、白魔法、召喚魔法……わたくしに不得手な魔法分野など一つもありませんよ？　たまたま、黒魔法が一番得意なだけです。

貴方《あなた》達、魔術師の卵に、召喚魔法を指南する程度の資格は十二分にありますので、どうかご安心あそばせ」

（（（バケモンだ、この人――）））

黒魔法の初授業で見せつけられたアルカの規格外さを、今、改めて見せつけられ、生徒達は白目で呻《うめ》くのであった。

「やっぱこの学院って……ダルウィン先生か、アルカ先生が最強だよな……」

「一体、どっちの方が強いんだ……？」

「いや、どう考えても、これはさすがにアルカ先生だろ……？」

「いーや、ダルウィン先生に決まってるって。お前、知らないのか、あの噂を――」

生徒達が動揺のあまり、次々と脱線し始めると。

「こほん。無駄話はここまでにして、それでは早速授業を始めますわ」

アルカが咳払《せきばら》いして、授業を開始するのであった。


――。

「さて、久々の授業再開ということで、簡単な復習から始めましょうか。そもそも召喚魔法とは何か？　誰か答えていただける方はいらっしゃいませんか？」

するとアニーが手を挙げて答えた。

「はい。昆虫や動植物、魔物や幻獣といった人外存在や、妖精や精霊などといった概念存在と交信、もしくは支配下においての使役を目的とした魔法です」

「模範解答ありがとうございます」

アルカがにこりとアニーへ微笑みかけ、解説を続ける。

「まさに、召喚魔法とはその通り。要は〝人間以外の全ての存在を、魔法の力によって一方的に支配し、奴隷のように使役する〟という、傲慢極まりない魔法です。

魔術師の言葉に、〝汝《なんじ》、望まば、他者の望みを炉にくべよ〟とありますが、召喚魔法とは、まさにその言葉の体現たる魔法。

行使の際には細心の注意を払い、そしてゆめ悪用を禁じねばならぬ魔法です」

ごくり、と息を呑《の》む生徒達に、アルカがさらに続ける。

「しかし、皆さんは疑問に思いますよね？　〝人間以外の全ての存在の支配〟……いくら魔法とはいえ、どうしてそんなことが可能なのか？

一生物としての単純な存在強度でのみ言えば、この自然界において、人間は決して強い方ではありません。むしろ、下から数えた方が早いです。

だというのに、なぜ弱い人間が自分達より強い生物や存在を支配し、使役できるのか？

そこには人を万物の霊長として、神が定めたもう世界法則があるのです」

アルカがチョークを取り、黒板に文字と絵を書き始めた。

「それこそが――『真の名』。

動植物、魔物、幻獣、妖精に精霊……この世界に生きとし生きるあらゆる存在の『魂《イデア》』には『真の名』と呼ばれる、その存在を定義する〝固有の名前〟が存在します。

そして、その魂《イデア》の『真の名』を識《し》った者は、その魂《イデア》を完全に支配したということになり、その『真の名』の下に下される命令は、この世界の全ての法則に優先されます。

また、この世界のあらゆる存在が、この『真の名』に縛られますが、その唯一の例外は人間です。なぜか、人間だけは『真の名』を持たないゆえに。

その理由は不明です。この世界において、人間だけが不完全な存在なのです。

ですが、それゆえに――人間は万物の霊長たり得たのです」

黒板に概要を書き終えたアルカが、生徒達を振り向いた。

「自身のスフィアを通して、対象の魂《イデア》の『真の名』を看破・掌握し、その対象の存在そのものを自在に召喚・使役する――これが召喚魔法です。

より正確には、〝存在支配術〟と言った方が正しいかもですね」

「……思ってた以上に理不尽で怖《こえ》ぇ魔法だな」

ランディが頬杖《ほおづえ》をつきながら、ぼそりと零した。

「『真の名』？　識られただけで逆らえなくなるってどんだけだよ……不謹慎かもしれねえが、俺、人間で良かったって思っちまった……」

「ははは、ランディ。人間だって、そう変わらないさ。雇い主の気分と命令で、明らかに死ぬとわかっている戦場に突撃させられたりするだろ？」

「それは一部の特殊な業界の連中だけだ」

そんなランディとリクスのやり取りを余所《よそ》に、アルカの話は続く。

「実は、一度、召喚対象の『真の名』を看破・掌握してしまえば、召喚に必要な魔力とスフィア強度を用意できるなら、召喚と使役自体は、それほど難しくありません。

ですが、この最初の『真の名』の看破と掌握……これが非常に高度な技術と知識、経験を必要とします。そこらの鼠《ねずみ》や鳥といった小動物レベルでも難しいでしょう。

召喚魔法の研鑽《けんさん》の全ては、まさにここにあると言っても過言ではありません」

ざわめき始める生徒達を睥睨《へいげい》し、アルカは宣言した。

「生徒の皆さんには、これから一年間かけて、この『真の名』の看破と掌握の方法──すなわち『召喚誓約の儀式』の仕組みや技術について学んでいただきます。

そして、二年生になるまでに、どれほど小さい存在でもいいので、自身の力で『真の名』を掌握した『召喚獣』を一体手に入れるところまでやっていただくつもりですが……」

と、その時。

アルカが、くすりと微笑みながら、こんなことを言い始めた。

「実は、もう『召喚獣』を手に入れている生徒がこの中にいますね。しかも、小動物などではない、とても強大な存在を『召喚獣』としている、とても優秀な生徒が」

そんなアルカの言葉に、にわかに教室内がざわつき始めた。

「おい、この流れ……」

「やれやれ……あまり騒ぎにしたくないのだけれど」

ランディとシノが厄介ごとの予感に苦い顔をしていた……その時だった。

「ふっ……さすが、アルカ先生。お見通しでしたか」

　唐突に、不敵な笑みを浮かべて立ち上がる生徒がいた。

「この僕、アルフレッド＝ロードストンが、すでに強大な『召喚獣』を手に入れていることを一目で看破なさるとは……

　さすが、音に聞こえた《黒耀《こくよう》の賢者》アルカ＝クラウディア先生。その慧眼《けいがん》に対して、この僕から無限の賞賛を贈らせていただきましょう」

　アルフレッドであった。

　アルフレッドは威風堂々としたドヤ顔でいたが。

「えっ？　あっ……はい。アルフレッドも『召喚獣』を、すでに持っていたのですね」

　そんなキョトンとしたアルカの返しに、アルフレッドがかくんと首を傾ける。

　くすくすと教室中から失笑が漏れた。

「ぐっ⁉　そ、それはさておき……まさか僕以外にいるというのですか？　すでに強大な『召喚獣』を入手している生徒が⁉　それは一体誰ですか⁉」

「はっ⁉　そうか、セレフィナ、君だな⁉　天才の君ならば――」

「余は、召喚魔法はまだ素人《しろうと》じゃぞ。虫一匹喚《よ》べん」

「何っ⁉　ということは、シノ！　君だな！　君のスフィアはショボいが、魔法を操る技術と知識だけは、僕も一目置いているほど凄《すさ》まじいからな⁉」

「残念ながら、私でもないわね。一度死んで『真の名』のストックは全部失っ――」

「シノさん、ストップ」

慌ててシノの背後に座るアニーが、手を回してシノの口を塞ぐ。

「き、君でもないのか!?　くっ……じゃあ、一体、誰が――ッ!?」

「いや、その……リクスですが？」

そんなアルカのあっさりとした呟《つぶや》きに。

「何ぃいいいいいいいいいいいいいいいいいい――ッ!?」

アルフレッドが目を怒らせ、リクスを睨《にら》み付ける。

「馬鹿な……君如《ごと》きが『召喚獣』だって!?　魔法を使えない君如きが!?」

「ていうか、アルフレッド……むしろ、お前、なんで知らないんだよ？」

昨日から今日にかけて、結構、この学級内でも噂《うわさ》になってたと思うんだがな？」

「大方、友達がおらず、常にぼっちだからじゃろ」

「アルフレッド君、可哀想《かわいそう》……誰か仲良くしてあげようよ……」

「外野黙れ！」

言いたい放題の、ランディやセレフィナ、アニーに吠《ほ》えかかるアルフレッド。

そして、再びリクスを睨み付け、挑発するように鼻で笑いかける。

「フン……リクス、魔法を使えない落ちこぼれの君が、まさか、すでに『召喚獣』を持っていたとはね……一体、どんな手段を使ったんだか」

「あー、俺にもよくわからないんだ……」

「なんだそれは？　まぁいい。見せてくれよ、君の『召喚獣』とやらをさ。

僕が品評してやろうじゃないか？　どうせ、犬か猫……」

「いや、もう俺の隣にいるよ」

「トランっす！」

トランが元気いっぱいに手を挙げて返事した。

「「「？？？」」」

途端、教室内がざわつく。

噂でリクスが『召喚獣』を持っているということは知っていても、まさか、リクスの隣にいた謎の少女が『召喚獣』だとは、学級内の生徒達も思っていなかったようで、トランをマジマジと遠巻きに見つめている。

そして、トランの姿を見たアルフレッドは——

「ははははっ！　ははははははははっ！」

突然、明らかに蔑むように笑い始めた。

「いるんだよなぁ？　君のような魔術師の風上にも置けない品性下劣な下種《げす》が」

「なんだと？」

「なぁ、リクス。その子は妖精族《エルフ》か？　それとも獣人族《セリアン》か？

なるほど、確かにそこそこ強力な召喚獣だ。褒めてやるよ。

だが、いずれにせよ、亜人種の女を召喚獣として、そういう目的で奴隷にする腐りきった輩《やから》がいるが……どうやら君も、その類いの連中だったようだね。

ちっ……これだから、分別もつかない平民共に魔術師をやらせるのは反対なんだ」

「おーい、アルフレッド。待て、ちょっと待てー」

ランディの制止を聞かず、アルフレッドが円形に開けた教室の中央に飛び出て、呪文を唱えた。

「──〝来たれ、気高く、雄々《おお》しき、勇壮なる鋭き瞳の輩《ともがら》〟ッ！」

アルフレッドが短杖《たんじょう》で虚空《こくう》に描いた五芒星魔法陣が拡散し、魔力が白熱。

虚空に門が開き、この場に強大な存在感を持つ者が召喚され──姿を現す。

刃《やいば》の如き鋭き目。鷲《わし》の如き上半身と翼。獅子《しし》の如き下半身。その体軀《たいく》を構成する筋肉は隆々と盛り上がりつつも無駄が一切無く、圧倒的な野生と暴威の芸術であった。

何よりも、その圧倒的存在感。

その魔物がこの場に存在するだけで、まるで空気が裂帛《れっぱく》するかのようだ。

その野性味ある勇壮な美しさと圧力に、生徒達の誰もが息を呑《の》むその魔物の名は——

「A級召喚獣——鷲獅子《わしじし》獣、グリフォン。

代々ロードストン家と運命を共にする朋友《ほうゆう》さ。

どうだ、リクス。驚いたか？　これが本当の召喚魔法だ。

真の召喚魔法とは、忠誠と信頼で成す魂の契約だ。運命の共同体だ。

下賤《げせん》な欲を満たすために召喚獣を選んだ君とは、格も覚悟も違う」

語らずとも意思が通じ合っているらしい。

グリフォンはアルフレッドに寄り添い、リクスを敵視するように鋭く睨んでいる。

その互いに信頼しきっている関係性を一目で見抜き、リクスは素直に凄《すご》いと感心した。

「リクス。召喚獣闘技で勝負だ」

「召喚獣闘技⁉」

召喚獣闘技——それは、互いの召喚獣の強さを競う、魔術師の決闘方法の一つだ。

基本的には、魔術師本人は召喚獣に対する指示と、要所で魔力贈与によるブーストを召喚獣へかけるのみで、直接的な手出しは厳禁。

つまり、普段の召喚獣への調練と、何より信頼関係が試される勝負方法である。

「君が負けたら、その子との契約を破棄しろ。解放してやれ」

「いや、あの……破棄も解放も何も俺は──」

「受けて立つっす！」

どう弁明すべきかリクスが迷っていると、無邪気にトランが安請け合いしていた。

「そのグリフォンと戦えばいいんっすね⁉　なんだかよくわからないっすけど、勝負ならトラン、負けないっすよ⁉」

そう言って、トランが中央の舞台にトコトコ走っていく。

「くっ……絶対的強者であるグリフォンを前に、自らそこまで言わせるほど追い詰めているとは……本当に、つくづく平民に魔術は早すぎると実感するよ。

誓おう！　誇り高き貴族として、その子は僕が解放してみせる……ッ！」

リクスに対するアルフレッドの憤怒《ふんぬ》と憎悪《ぞうお》がますます増大していく。

「アルフレッド……やめろ……やめてくれ……ッ！」

「そうじゃ……こんなの……こんなのあんまりじゃ……ッ！」

ランディとセレフィナが涙目になりながら、勝負を止めようとする。

「フン！　相も変わらずリクスの肩持ちかい？　つくづく見下げ果てた連中だよ」

「いや！　違う！　そうじゃない！　そうじゃなくてだなぁ！」

「その通りじゃ！　なんか、汝《なれ》、ムカつくけど、思ってたより悪い奴《やつ》じゃないっぽいと薄々わかってきたせいで、それだけに、なんていうか可哀想でのう……ッ！」

「ははは っ！　何を哀れまれる必要がある？　僕のＡ級召喚獣のグリフォンに勝てるのは、アルカ先生のフェニックスのようなＳ級召喚獣か、はたまた、評価規格外のＥＸ級、古竜種くらいなものだぞ⁉」

「アルフレッドぉおおおおおおおおおおおおおおおおおおおおお──ッ⁉」

ランディは泣いた。なぜか涙が止まらなかった。

「アルカ先生！　こんな不毛な勝負、止めてくださいよ！　アルカ先生！」

そして、ランディは必死にアルカへ泣きつくが。

「え？　止めなければダメでしょうか？」

当のアルカは、勝負を見届ける気満々だったらしく、キョトンとしている。

「むしろ、なんでそうなるんすか⁉」

「だって、その……面白そう……だから？」

「アンタもしっかり、この学院の先生なんですね⁉」

そんなこんなで、教室の中央で、トランとグリフォンが対峙《たいじ》し、アルカが周囲に結界を張り、勝負が始まった。

「わかってるな？　ローディー。……傷つけるなよ。適当に戦意を喪失させればいい」

『グルルル……』

アルフレッドの指示を受け、グリフォンが頷《うなず》くように低く唸《うな》る。

そして、眼前のトランに対して、威嚇するように雄叫《おたけ》びを上げた。

『グルァアアアアアアアアアアアアアアアアア――ッ！』

教室内の空気をビリビリ震わせる、グリフォンの圧倒的ド迫力の雄叫び。

その威力は凄まじく、それだけで見学者の生徒達の何人かが失神するほどだったが――

「ふしゃ――――ッ！」

ほんの一瞬だけ、トランの気配が大きく膨れ上がり、トランが両手を上げて吠えた。

次の瞬間。

「ええええええええええええ⁉　ローディィイイイイイ⁉」

トランの前で仰向けになってひっくり返り、腹を見せて小さくなっているグリフォンの姿があった。

『キュウン……キュウウウウン……』（ガクブル
「え⁉　何があったの⁉　何があったの、ローディイイイイイ⁉」

「アニキ！　勝ったっす！　褒めて！」

「よくやった！　よく俺の言いつけ守って、傷つけずに勝った！　マジで偉い！　あぁあああああ、良かったぁ！　心臓に悪かったぁああああああ——っ！」

「えへへへ〜〜♥」

頭をリクスに撫《な》でられている、嬉《うれ》しそうなトラン。

そんな中央舞台上の茶番劇に……

「まぁ……そうなるよな」

「妥当ね」

「比較的被害が少なくて良かったの……アルフレッドのメンツ以外……」

「あ、あはは……」

一体、何事かと目を瞬《しばたた》かせている生徒達の前で、ランディ達も安堵《あんど》の息を吐いているのであった。

第五章　トランと一緒

「ようし！　本日の授業、終わり！　部活動探し、がんばるぞぉ！」

「おーっす！」

　――放課後。

　学院敷地《しきち》内を練り歩きながら、リクスとトランが両手を挙げて気合を入れていた。

「後にこの学校、トランにぶっ壊されるかもっすけど、がんばっす！　アニキ！」

「おう、応援ありがとうな！　そん時は俺、さすがにお前のこと、ぶっ殺すから！」

「あはは～、返り討ちっす！　そん時はアニキの首だけ持って帰ることにするっす！」

「ははは、こいつめ！」

「きゃっきゃっ♪」

「……俺、傭兵《ようへい》どもの距離感がよくわからん」

　とても楽しそうに物騒な会話をしてるリクスとトランを見て、ランディがジト目でため息を吐《つ》く。

「仲は良いみたいなんだけど……独特だよね、あの二人の間合いと死生観」

「社会不適合者の極みね」

「くっくっく、実に面白い連中じゃ。是非、まとめて配下に欲しい」

そんなやり取りをしつつ、リクス達が向かった先は――


――。


「「「飛行術部へようこそ！　一年生の皆さん！」」」

「やっぱり、飛行術部みたいな爽やかな部活動が、俺にはぴったりだと思うんだ」

「ああ、そうかもな。お前が空を飛べないという点に目を瞑《つぶ》ればな」

リクスの爽やかなドヤ顔に、ランディがジト目でいつものように突っ込む。

そこはエストリア魔法学院内にある広く開けた敷地、飛行術訓練場。

そこには十数人の先輩生徒達と、リクス達を含む一年生十数名が集っていた。

「私は飛行術部の部長、ソラ＝スカイライナーです」

一年生達の前で、長い栗毛《くりげ》の髪をポニーテールに纏《まと》めた、いかにもスポーティで元気いっぱいの二年生の女子生徒が、ニコニコ笑いながら言った。

二年生ながら、もう様々な飛行術大会で好成績を残しているエースらしい。

「皆はもう、授業で空を飛ぶ魔法……【飛行術】は習ったはずよね？」

一年生達がコクコク頷く。

魔術師にとって【身体強化魔法】を〝基礎〟とするなら、さらにその先に〝必修〟とされる九の呪文がある。

それが【火礫《ひつぶて》】、【雷矢《らいし》】、【盾】、【物体遠隔操作】、【照明】、【念話】、【癒《いや》し】、【眠り】……そして【飛行術】である。もっとも基礎の【身体強化魔法】と合わせて合計十種の魔法。ここまでできるようになって、初めて魔術師と名乗っていいレベルとされているらしい。

「ちなみに、俺は全部できないぞ！」

「誰に言ってんだよ？　ちなみに、俺やアニーは一応、得手不得手はあるが、大体できるようになったが……」

リクスの妄言やランディのツッコミを余所《よそ》に、ソラ先輩がさらに続ける。

「その【飛行術】の魔法を使って、自由に空を飛び、あちこち色んな場所へ皆で行ってみよう……ってのが、私達の活動なの。

他にも、どれだけ早く目的地に辿《たど》り着けるかとか、曲技飛行とか、そういう【飛行術】

の技量を競う大会にも出たりするわ。

でも……それだけに【飛行術】の魔法ができないと、本当に何もできないの。

そこで悪いんだけど、入部希望の皆には、今から入部テストをさせてもらうよ」

途端、不安げにざわつく入部希望の一年生達。

だが、そんな一年生達を安心させるようにソラが言った。

「大丈夫、大丈夫、そんな難しいものじゃないから！　入部テストと言っても、皆の現時点での【飛行術】の実力を測る程度のものだから！」

それを聞いて、一年生達は安堵の息を吐くが……

「詰んでるじゃねーか」

「…………」

ランディのツッコミに、リクスが半眼で硬直し、ブルブル震えていた。

「お前……【飛行術】が必要な時は、地上を走って誤魔化すつもりだったろ？

これは超低空飛行ですとか言って」

「うえ⁉　い、いやいやいや！　そ、そんなズルいことするわけががががが――」

「こっちの目を見て言え。そもそも、空も飛べないのに、飛行術部に入ろうという選択がハナからおかしいんだよ。ほら、行くぞ？　他の部、行こうぜ」

「まぁ、待ってくれ、ランディ。俺には秘策があるんだ……」

――――。

「……〝我は空舞う、天翼の担《にな》い手〟！」

一年生の生徒が精神集中しながら杖《つえ》を構え、【飛行術】の呪文を唱える。

すると、その身体《からだ》がゆっくりと浮いて……ふらふらと地面から約一メートル程の高度を維持したまま、進んでいって。

「く、ううううっ⁉」

やがて、五十メートルほど進んで、限界とばかりに地面に着地した。

「はぁー、はぁー、ぜぇー、ぜぇー……すみません、今の僕では、このくらいが限界でして……これでは入部は無理でしょうか？」

「ううん！　全然、大丈夫だよ！　これから一緒に練習すれば、すぐにあのくらい飛べるのようなるから！」

そう言って、ソラが励ますように空を指さす。

そこでは上級生の部員達が練習をしているのか、ビュンビュンと、もの凄《すご》い速さで大きく円を描くように空を飛んでいた。

「うわぁ……先輩達凄い……」

五十メートルしか飛べなかった一年生は、憧れるように空を見つめている。

「かく言う私も、入部したての一年生の時、今の貴方《あなた》とそう変わらなかったの」

「そ、そうなんですか……じゃあ、僕、頑張ります！」

と、そんなソラ達のやり取りを前に。

「見たか？　ランディ」

「なんだ？」

「今の生徒……五十メートルしか飛べなかったが、入部を許可された」

「それがどうした？」

「つまり――だ」

リクスが意気揚々と前へ出る。

「ソラ先輩！　次、俺が行っていいですか？」

「うん、どうぞ！　気楽にね！　まずはここの線に立って、あっちに向かってどこまで飛べるかを……って。

あれ？　君、どうしてそんなに線から後ろに下がって……？」

小首を不思議そうに傾《かし》げるソラを無視して、リクスは線から下がって、大きく、大きく下がっていって……

そして。

「《白の学級》一年、リクス！　いっきまぁああああああああすっ！

〝我は空舞う、天翼の担い手〟ッ！　うぉおおおおおおおおお──っ！」

猛然とダッシュを開始した。

ビュゴォ！

正面から見ているのに見失う、もの凄い速度で加速していき──やがて、スタート線にさしかかった瞬間、リクスが跳んだ。

飛んだんじゃなくて、跳んだ。

「先輩達！　ちぃっす！」（ビュン！

「「「ひょえっ⁉」」」

上空で飛び回っている先輩部員達とすれ違い様に挨拶し、さらに高く跳んでいき──

やがて、五十メートル地点を大きく上回る地点に、ずざーっと着地した。

（（ただの走り幅跳びなんだよなぁ……））

ランディ、セレフィナ、アニーの胸中は一致していた。

「……くっ、これが、今の俺の限界ですが……どうですか先輩？　これでは入部は無理でしょうか!?」

自分で否定しつつも、どこか自信満々げな表情のリクスへ。

「うん。無理です」

ソラがジト目で無慈悲に告げた。

「なんでぇ!?　俺、あの生徒より跳べたじゃないっすかぁ!?」

「飛べてねえからじゃないかな？」

「正直、この展開、予想できたとはいえ相変わらず化け物じみてるの、リクス」

遠くからランディとセレフィナがぼそりと突っ込んでいる。

「たまにいるんだよね……【飛行術】の魔法だけは、どうしてもできないって子が。この入部テストはそういった子を弾くためのもので……」

「〝だけ〟じゃないんすけどね、そいつの場合」（ボソッ
「卓越した【身体強化魔法】で誤魔化しても駄目だよ。残念だけど、リクス君。部長として君の入部は認められないよ……その……ごめんね……？

でも、それだけの【身体強化魔法】の腕前なら、他の部の方が活躍できると思う……」

と、その時だった。

助け船は、意外な所から入る。

「別に【飛行術】の魔法で飛ぶということが、必ずしもマストなのではないでしょう？

要するに空を飛べれば、いいのだから」

それはパンフレットで、各部の理念や活動内容などを確認していたシノであった。

パタンとパンフレットを閉じ、ソラを流し見る。

「シノ⁉」

ダッシュで戻ってきたリクスがシノの発言に驚いていると、シノは周囲を興味津々《きょうみしんしん》とばかりにキョロキョロしているトランへ声をかける。

「出番よ、召喚獣」

「んっ？　トランっすか？」

「そう。貴女《あなた》、飛べるでしょう？　リクスを背負って飛んであげなさい」

そして、シノがリクスの胸をとんと指で突く。

「いい？　召喚獣の力はマスターの力なの。つまりマスターたる魔術師の魔法と同義。

わかる？　中途半端《ちゅうとはんぱ》とはいえ、貴方はトランのマスター。

トランの力は、貴方の魔法。これを活用しない手はないでしょう？」

「そ、そうか！　そうだな！　よし、トラン！　今、シノが言ってたの頼めるか⁉」

「お安い御用っす、アニキ！」

無邪気にそう言って、トランが背中に竜の翼を広げる。

そして、地面に四つん這《ば》いになった。

「さぁさぁアニキ！　乗って乗って」

「お、おう」

どーんとトランの背中に胡座《あぐら》をかいて座るリクス。

さすが竜の生まれ変わりと言うべきか、トランの背中に座っても、か弱さは微塵《みじん》も感じられない。むしろ、まるで大岩の上に乗ったかのような抜群の安定感だった。

「じゃあ、行くっすよ！　たぁあああああああああ！」

次の瞬間、トランが力強く翼をはばたかせ、その圧倒的風圧と共に、リクスを背中に乗せて空へと舞い上がるのであった――

「ぉ、おおおおおおおお⁉」

地面がどんどん遠ざかり、空が近くなるその光景に、思わずリクスはテンションが高くなる。

「トランの背中に乗って空を飛ぶのは初めてだけど、これは面白いな！」

「そうっすか⁉　トランもアニキと空飛ぶの、なんか凄く楽しいっす！」

「そうか！　トランが良かったら、毎日こういう活動してみるのも悪くないな！」

「トランは全然ＯＫっす！」

そんな風に楽しげな二人を、その場に居合わせる生徒達がじっと注視している。

「……ふっ」

決まりね、という感じの笑みを浮かべ、シノがソラへ言った。

「一応、聞くわ。どう？　これでもリクスを入部させないつもりかしら？」

そんなシノの問いに。

「うん。無理かな。ごめん」

「まぁ、そうよね」

ソラがぼそりと答え、シノがわかってたとばかりに、スン…と無表情になる。

再び、空の二人を見上げる。

「あははっ！　アニキ！　風が気持ちいいっすね！」

「ああ、まったくだ。お、あれはなんだ？　あっちの方に行ってみよう、トラン」

「了解っす！」

幼い外見の少女を尻に敷き、その上で何もせずアレコレ指図している大の男の姿。

それは、想像していたよりも、ずっと――

（（（絵面が悪すぎる……）））

二人を見守るその場全ての生徒達の胸中が、その時、完全一致するのであった。

――――。

こうして、リクス達の部活動巡りは続いていく。

学院に存在する部活動を、リクス達は数日間をかけて、次々と見て回っていく。

二日目――身体魔法競技部。

【身体強化魔法】をひたすら研鑽《けんさん》し、様々な陸上・体操競技を行う部にて。

「しゃあああああああああああああ――ッ！」

「な、何ぃいいいいいいいいいいい――ッ!?」

素で猛ダッシュし、先輩部員達をごぼう抜きにしていくリクスの図。

「どらぁああああああああああああ――ッ！」

「な、何ぃいいいいいいいいいいい――ッ!?」

素で鉄球を投げ飛ばし、先輩部員達の誰よりも遠くへ飛ばしていくリクスの図。

「だぁあああああああああああああ――ッ！」

「な、何ぃいいいいいいいいいいい――ッ!?」

素で跳躍し、先輩部員達の誰よりも高いバーを跳び越えていくリクスの図。

「チェストォオオオオオオオオオオオオ――ッ！」

「な、何ぃいいいいいいいいいいいい――ッ!?」

素で、先輩部員達の誰よりも重いバーベルを持ち上げるリクスの図……

「どっすか⁉　先輩達！」

がしゃん！　ドガァ！　地面に半分めり込むほど重いバーベルを投げ捨て、リクスが身体魔法競技部の先輩を振り返る。

「魔法を使えない俺を入れるわけには行かないって言ってましたけど！　でも、これで俺を身体魔法競技部に入れてくれますよね⁉　通用してますもんね⁉」

リクスは嬉々《きき》としてそう問うが。

「ごめん、無理」

「なんでぇ⁉」

「なぜなら、俺達……もう今日でこの部を廃部にしようと思ってるから」

「なんでぇええええ⁉」

「俺達、自信なくしちゃった……」

「ぐすん……まさか、魔法も使えないやつに完膚なきまでに負けるなんて……」

「俺達の三年間は一体、なんだったたんだ……？」

「もう、出家して植物のように余生を過ごそう……」

「ちょ⁉　先輩ぃいいい⁉　どこ行くんすか、先輩ぃいいいいい⁉」

トボトボと競技場を去って行く先輩達の後を、必死に追い縋《すが》るリクスの図。

「……ここもダメそうね」

「うーん……いいと思ったけど、逆に拙《まず》かったか……」

「まぁ、リクスは普通に魔術師として生きている連中からしてみれば、普通をぶっ壊す毒劇物みたいな奴じゃからな……」

仲間達がそんなリクス達の様子を前に、ため息を吐《つ》く。


──────。


三日目──召喚獣闘技部。

自分の所持している召喚獣を調練し、戦わせる部活動にて。


「行け！　トラン！」

「ふっしゃ────っ！」

『むきゅううううううん!?　キャン！　キャイン！』

トランの威嚇の雄叫《おたけ》びに、対峙《たいじ》していた魔狼《まろう》フェンリルが、お腹《なか》を見せて降参のポーズを取っていた。

「ば、ばかな⁉　部長のフェンリルですら……ッ⁉」

「なんなんだ、あの召喚獣は……ッ⁉」

「あれが古竜種か……強すぎる……ッ⁉」

ざわめく召喚獣闘技部の先輩部員達。

そんな先輩部員達へ、リクスがどや顔で言った。

「全勝！　完全勝利ッ！

どうです、先輩達⁉　俺の召喚獣トランの力は⁉　そんなか弱そうな召喚獣では無理と仰《おっしゃ》っておられましたけど……これなら、俺を入部させてくれますよね⁉」

「「「ごめん、無理」」」

「なんでぇ⁉」

ジト目の先輩部員へ、リクスが吠《ほ》えかかる。

「なんでっすか⁉　まさか、召喚獣契約が中途半端だからっすか⁉　それとも、俺みたいなぺーぺーに負けて悔しいっからっすか⁉」

「それもあるが、そうじゃなくて……一番の理由は、その……古竜種とはいえ、いたいけな少女へ、大の男が後ろからアレコレ命令して、魔物と戦わせる……

その光景がなんていうか……想像以上に絵面が悪くて……最悪過ぎて……」

「まーた、絵面⁉　絵面ってそんなに大事ですかね⁉」

「正直、外道にしか見えんわ！　お前！」

「そんなん、余所《よそ》の学校との試合に出せるわけねーだろ！」

「俺達まで恥かくじゃねーか！」

「酷ぉい⁉」

非難囂々《ひなんごうごう》のリクスである。

「……ここもダメか」

「色々難しいわね。いっそのこと、トランが女の子の姿じゃなくて、本当に竜の姿してたら話は早かったのに」

「あ、あはは……」

と、仲間達が早くも諦めムードになっていたその時である。

「ああもう、わかりましたよ！　トランが戦うのがダメなら、俺がトランの代わりに召喚獣と戦えばいいですよね⁉」

「いいわけないだろ⁉　君、召喚獣闘技部の意味、わかってる⁉」

「そもそも魔法を使えないただの人間の君が、訓練された召喚獣と戦うだって⁉」

「いいだろう、さすがに頭に来た！　俺達の召喚獣がどれほど強いか、身をもって教えてやるよ！　かかってこい、一年！　俺達の召喚獣を舐《な》めたこと、後悔させてやる！」

「よっしゃ！　ぅおおおおおおおお！　胸借ります、先輩達ぃいいいいいい！」
※全勝しました。
※先輩達が自信をなくして、廃部を検討し始めたので、全力で止めました。

——————。


このように次から次へと、リクスは各部の門を叩《たた》いていくが。

哀《かな》しいことに、どこからも門前払いをくらうことになるのであった。

やはり魔法を使えない上に、いちいち常識外れのことをうっちゃらかすリクスという人材は、この魔法学院にとって、あまりにも異質な存在過ぎたのである。

そして、部活動巡りの紆余《うよ》曲折《きよくせつ》の果てに、辿《たど》り着いたのは。

五日目——

「「「「錬金術部へようこそ！　一年生の皆さん！」」」」

「やっぱり、錬金術部みたいな知的な部活動が、俺にはぴったりだと思うんだ」

「ああ、そうだな。知的という言葉が、お前からもっとも縁遠い言葉だという点に目を瞑《つぶ》ればな」

　リクスの爽やかなドヤ顔に、ランディがジト目でいつものように突っ込む。


　そこはエストリア魔法学院校舎内にある、魔法実験室。

　放課後は、錬金術部の活動場所として使われているその部屋に、数人の先輩生徒達と、リクス達を含む一年生が十名ほど集っていた。

「私が……錬金術部の部長……エルシー＝アリスタン……です」

　伸び放題の髪のせいで目元が隠れ、イマイチ容貌がわからない二年生の女子生徒が、集まった一年生達の前で、ぼそぼそと言った。

「君達が……授業でやってる……魔法薬学と……魔道具製作……これは元々……錬金術から派生したことは……知ってる……よね？

　錬金術部は……様々な古典的錬金術の魔法実験をやって……楽しみながら……魔法薬学や……魔道具製作の……理解や知識をより深めていこうって……そういう部……」

「ああ、俺、先輩の言ってることわかる。要するにこういうことだろ？　今の洗練された戦場剣術は、元々戦場での無軌道な殺し合いから徐々に確立していったものだから、その原初の無軌道な殺し合いを楽しみながら行うことで、今の戦場剣術がいかに合理的か？　ということをより深く知ろうって、そういう話だろ？　温故知新ってやつだ！」

「お前さぁ……リクス、お前さぁ……」

最早《もはや》、ツッコミ疲労困憊《ひろうこんぱい》のランディである。

「それでは早速……一年生の皆には……体験入部として……私達と一緒に……とある魔法の実験を……行おう……ね……」

そんな感じで、リクス達の錬金術部体験入部が始まるのであった──

──。

魔法素材と錬金術実験器具が積まれた各実験台に一年生達が均等に分かれると、エルシーがこう宣言した。

「これから、皆で『魔法花火』を……作ろうと思う……うふふ……」

「やめろぉおおおおおっ！　絶対、やめろぉおおおおおおおおお——っ!?」

反射的に拒否するランディであった。

「……え……？　どうして……？　ランディ君……」

伸び放題の髪の隙間から、驚きにまん丸にした目を覗《のぞ》かせたエルシーが問う。

「あいつらがいるからですッッ！」

ランディが泣きながら、背後を指さす。

そこの実験台には——

「アニキ〜っ！　どうやらトラン達、これから花火作るみたいっすね！」

「楽勝だな！　爆弾作りは、俺もトランも大得意だったもんな！

団の中では、俺達が一番上手《うま》かったよな!?」

「そっすね！　うーん、懐《なつ》かしいっすねぇ……どうしたら、もっと人を効率良く殺せるかと、アニキと二人で色々考えて工夫したっすよねぇ……」

「だったな……中に尖《とが》った金属片混ぜたりとかな……」

「そうっすね……ふふっ、あの頃は……」

「そこ！　物騒な話をノスタルジックに語るのやめろッ！」

そう律儀《りちぎ》に釘《くぎ》を刺しておいてから、ランディがエルシーに振り返る。

「とにかく！　花火だなんて、そんな嫌な予感しかしないもの、やめましょう！

先輩は死にたいんですか!?」

「お、大袈裟《おおげさ》……だなぁ……」

鬼気迫るランディに対し、エルシーは曖昧に笑うだけだった。

「もう……道具は……準備しちゃったし……

素材も……確かに扱いに注意が必要な危ないものもある……

でも……作るのは、呪文で発動する魔法の花火……いわゆる火薬で作る普通の花火や爆弾とは……違う……あえて、魔法の火をぶつけでもしない限り……暴発することもないし
……それに……大丈夫……ちゃんと私が見てる……から……」

ランディを安心させるように笑いかけるエルシー。

「うーん……魔法の火をぶつけない限り大丈夫……ねぇ……？」

それならば、あの脳筋二人組でも誤爆の心配は大丈夫だとは思うのだが。

どうにも一抹の不安が拭えないランディである。

そんなこんなで、錬金術部の先輩生徒達の指導の下、楽しい楽しい錬金術の魔法実験が始まるのであった——

「まず……机の上にある各魔法素材を……使える形に加工していくよ……こういった下準備が……錬金術の魔法実験の正否を……大きく左右する……から」

「ほほう」

リクスの前には、大きな石の塊があった。

「まず、この黒くて縞《しま》模様が入ってる石……『炸炎《さくえん》黒石』……これが割薬……これを切り出して……細かくしていくよ……」

「なるほど、これを切り出す、と」

「でも、これはとても硬いので……火の属性を持っているので……この真銀《ミスリル》製の魔法ナイフに……火の対属性である水属性を付呪すれば……まるでバターを切るように……」

「はぁああああああああああああああああ――――ッ！」


斬ッ！


「よし、斬れたッッ！」

「さっすがアニキ！　いつも通り、見事な〝岩切り〟っす！」

説明をするエルシーの背後では、リクスが剣で岩石を真っ二つにしていって。

「よし！　じゃ、この調子で細かくしていくか！」

「アニキ！　ファイト！」

斬ッ！　斬ッ！　斬ッ！

真銀《ミスリル》製の魔法ナイフでしか切れないはずの石を、リクスがどんどん小さくしていく……

「……？？？」

しばらく、その不思議な光景を、エルシーは呆然《ぼうぜん》としながら見つめていて、やがて我に返り、解説を続ける。

「つ、次は……この細かくした『炸炎黒石』を……この特別な魔法製のすり鉢とすりこぎでさらに細かい粉末状に……するよ……さすがにそのレベルになると……刃物じゃ無理……だから……すりこぎに水属性と……すり鉢に微細な振動魔法をかけて……」

「トラン！　頼む！」

「合点！」

すると、エルシーの背後では、リクスが細かく刻んだ石の破片達を、トランが両手でまとめて鷲掴《わしづか》みしていて。

メキメキ、バキャアアアアア！

もの凄《すご》い握力で握り潰していた。

すると、サラサラサラ〜ッ！　と、トランの合わせた手の隙間から、滑らかな粉末が零《こぼ》れ落ちていくのであった。

「？？？？？？　……ッ!?　あ、あれぇ……？」

そんな光景に、ついに目を剝《む》いて固まってしまうエルシー。

「ほら……やっぱ先輩、困惑しちゃってるよ……俺達がついてなくていいのか……？」

別の実験台で、同じく体験入部の実験に参加していたランディがぼやく。

ランディは件《くだん》の『炸炎黒石』を、真銀《ミスリル》製の魔法ナイフで切っている最中だ。ナイフの属性操作に慣れないせいか、わりと切り出しに苦戦している。

「ここは錬金術部の畑よ。実験の進行に関して、私達が勝手に横から口出せば、メンツを潰すことになるでしょう？　捨て置きなさい」

一方、シノは慣れたもので、サクサクと石の縦横に無数の切れ目を入れて。

トトトトトトト――ッ！　と、石の塊を素早くみじん切りにしていた。

「ほう……シノ、上手いのう！　素晴らしい手さばきじゃ！」

「なんか料理が得意な、お母さんみたい！」

「誰がお母さんか」（トトトトッ！

そんな感じで実験は進行していく……

「つ……次は……『爆晶石』……こっちはさっきとは比べ物に……ならないほど硬いから
……今度こそ、この真銀《ミスリル》製の魔法ナイフで……」

「チェストォオオオオオオオオオオオオオオオオオオ──ッ！」

リクスが天井を蹴って、その落下速度と加重を乗せて剣を振り下ろして──

斬ッッッ！

「決まったぁ！　アニキの〝天空岩切り〟ッ！」

「？？？？？？？　……え……えええええ……？」

──────。

「…………、次は花火の肝……星……各種、炎色反応材を調合していく……よ……

まずこれ……『怨霊木の実《おんりょうぼく》』……魔樹と呼ばれる魔物由来の素材……

この実の果汁に宿る木の怨念が……浄化の際、とても澄んだ青色の光を発色する……

この果汁を……専用の絞り機で絞るんだけど……ダイヤ並みに硬い上に……下手すると呪われるから……悪霊《あくりょう》払いの結界を展開して、細心の注意を……」

「んんんんん～～～ッ！」

ぎゅぎゅぎゅぎゅぎゅぎゅぎゅぎゅぎゅ～ッ！　ボタボタボタボタ――ッ！

トランが片手でリンゴを握り潰すように、怨霊木の実を握り潰した。

「さすがトラン！　そういえば、こうやってよくジュースを作ってもらってたな……」

「そうっすね、アニキ！」

「あれ？　でも、実の絞りカスから、何か変な黒い煙みたいなものが出て、お前にまとわりつこうとしてるみたいだけど……大丈夫か？」

『オオオオオオオオ――……』

「トラン、強い子だから平気っす！」（バシュッ！

『オン……』（シュウウウゥゥゥ……

「ええ……？？？　あ、あの……これ、まともに食らうと、一流の魔術師でも三日は寝込む呪いのはず……なんだけど……？　いや、そもそも……えええええ……？」

「エルシー先輩。あいつらのやることなすこと、いちいち気にしたら負けです。禿《は》げますから。実害ない限り放置推奨です」

見開いた目を混沌《こんとん》にぐるぐる渦巻かせているエルシーの肩を、ぽん、と気遣うように叩《たた》くランディであった。

――そんなこんなの紆余曲折《うよきょくせつ》の果てに。

「……わ、私の知ってる……錬金術と……違う……気がする……けど……」

全ての工程が終わる頃、疲れきっている表情のエルシーがいた。

「できた！　これが俺達の最高傑作だ！」

「さすがっす、アニキ！」

リクスとトランの前には、少々不格好な花火の大玉が三つあった。

「でも、大分、素材余っちゃいましたね？」

「張りきりすぎたかな……でも、まぁ問題ないだろ、多分」

「おお、お前ら、上手く行ったんだな。正直、傍《はた》から見ていてヒヤヒヤしてたが」

「フン。リクスにしてはやるじゃない」

ランディやシノ達も作業が終わったらしく、花火玉をいくつか抱えて、リクスの所にやってくる。

周囲を見渡せば、やはり同様に作業を終えて花火玉を完成させたグループが、ちらほらと散見された。

「それでは……さっそく外で打ち上げて……みよう……皆……」

そんなエルシーの促しによって、リクス達一年生は、ぞろぞろと外へと向かった。

そして――……


「――〝降りよ、隠せよ、夜の帳《とばり》〟」


エルシーの唱えた【夜の帳】の呪文によって、その一帯だけが夜となった中庭の一角で早速、臨時の花火大会が始まるのであった。

「それでは皆……この打ち上げ器に、花火の大玉を一つずつ入れてみて……」

錬金術部の先輩生徒達がそこに用意していた打ち上げ器は、筒状をしていた。

側面に、魔晶石が貼り付けられている。

「この魔法花火……理屈としては……魔力波長の異なる様々な種類の魔法の火を……いっ

ぺんに起動させて……花火にする……そんな感じ……かな」

「ほう……色んな種類の魔法の火をいっぺんに、っすか」

エルシーの解説に、リクスが興味深げにコクコク頷《うなず》いていた。

「そう……だから、花火に直接火を点《つ》けるのは……できなくないけど、制御が難しくて
……危ない……ので……この打ち上げ器を使う……

この打ち上げ器の魔晶石の部分に触れながら、火の魔力を……色が赤くなるまで込めて
……赤くなったら……もうそれ以上……魔力を注がないように……」

早速、一年生達はエルシーに言われたとおり、作業を恐る恐る始める。

すると、大玉を入れた打ち上げ器の前で、リクスが困ったように言った。

「あー、すみません、エルシー先輩。実は、俺……魔法使えなくて……」

今まで、秘密にしていた（つもりだった）ことを明かし、リクスは気まずそうに頭を掻《か》
いた。

「魔法使えないくせに、なんでこの部に来たんだと、先輩は怒るかもですけど……」

だが。

「ううん……知ってる……貴方《あなた》があの噂《うわさ》の特待生、リクス君だって……」

「！」

意外なエルシーの返答に、リクスは驚いた。

「魔法が使えない子が……この学院にいるなんて驚いて……でも、実際に会って……もっと驚いた……なんか……凄いね、君……」

「あの……それなのに、俺に体験入部させてくれたんですか……？」

「ん……確かに、錬金術も……魔法が使えた方が色々便利なことは多いけど……新しい理論の開発や発明、発想《アイデア》……魔法なしでも……やれることは多いから……」

そして、エルシーは伸び放題の髪の隙間からリクスを見つめて微笑《ほほえ》む。

「それに……一番大切なのは、一緒に楽しくできるかどうか……楽しめるかどうか……だよね……？　リクス君……」

「せ、先輩……」

すると、リクスが見ている前で、エルシーが何かを取り出す。

それは、金属製の小さな直方体であった。

開閉式らしく、エルシーが親指で直方体の上部を弾くと、ぱかりと開き、小さな赤い宝石が取り付けられた部分が露《あら》わになり、ぽっと火が灯《とも》った。

「先輩？　それは？」

「魔道具……『フレイター』。火力は弱いけど……誰でも、簡単に魔法の火を点けることができる……君にあげるよ」

カチンと蓋を閉じて、それをリクスへと渡す。

「それを使えば……魔法の使えない君でも……魔法花火に火を点けることができる……」

「あ、ありがとうございます、先輩！」

リクスは早速、フレイターの蓋を開いて火を灯し、それを打ち上げ器の魔晶石に触れさせて、魔力を込めていく。すぐに赤くなり、火を離す。

「うん……そんな……ものかな……？　もう大丈夫……さ、離れて……」

エルシーに促され、リクスとトランがその場から離れる。

そして、十秒後。

どんっ！　という小気味よい音と共に、打ち上げ器から光の塊が、空に向かって飛んでいき——

パァンッ！

遥《はる》か上空で、色とりどりに輝く美しき大輪となって、華開くのであった——

「ぉおおおおおおおお——ッ!?　凄い！」

リクスは拳を握り固めて歓声を上げて。

「…………っ！」

トランが目をまん丸くして、空を見つめている。

だが、花火とは一瞬の閃光《せんこう》。その美しい大輪はすぐに闇へと消えていって。

「す、す、すごいっす——っ！」

消えたことでようやく我に返ったのか、トランがぴょんぴょん跳び上がりながら、大はしゃぎし始めた。

「すごい！　すごい〜っ！　トラン、花火を実際に見たのは初めてっすけど！　こんなに綺麗《きれい》ですごいものだったんすね⁉」

「ああ、俺もだ！　火薬なんて、戦場で大量の敵を吹っ飛ばす道具くらいにしか思ってなかったけど、こんな使い方もあったんだな！」

「まったくっす！　人の手足や血肉が舞わない爆発が、こんなに綺麗だなんて……」

「ああ！　断末魔の叫びが聞こえない爆発が、こんなに感動するなんて……」

「お前らさぁ……もっと、いい感じで情緒的になれない？　こんな時くらい」

仕事《ツッコミ》を忘れないランディである。

そして、天然なのか、エルシーがそんなリクス達の様子に、嬉《うれ》しそうに微笑んだ。

「ふふ……そう喜んでくれると……がんばって指導した甲斐《かい》あるよ……

良かったら……入部……検討してくれると嬉しい……」

「は、はいっ！　ありがとうございます、エルシー先輩！」

「それでは……他の皆さんも……花火を打ち上げてみてね……」

こうして。

臨時の花火大会が始まるのであった。


ぱぁあああん！

「「「ぉおおおおおおおおおおおおおお――っ!?」」」


次から次へと、一年生達の自作魔法花火が上がる中。

シノが作った花火の大玉が上がり、その空に華咲いた光の大輪に、一年生達はおろか、先輩の錬金術部員達からも感嘆と歓声が上がった。

その圧倒的迫力と芸術性、繊細かつ幻想的な光に、誰もが一瞬で心奪われたのだ。

「凄《すご》い！　あの一年女子の花火、抜群に凄くなかったか!?」

「魔法火薬の処理、割薬と星の配合が、完璧過ぎるんだ！」

「おまけに、空での咲き方も計算され尽くして……ッ⁉」

「う、美し過ぎる……芸術的だ……ッ！

夏の魔法花火大会に出れば、間違いなく優勝を狙えるぞ……ッ⁉」

「これは、エルシーとどっちが腕前、上だ⁉」

大騒ぎである。

そして、シノに負けるかとばかりに、他の一年生達も次々と花火を打ち上げていく……

騒ぎを聞きつけて、活動中の他の部の生徒達も、続々と見物にやってくる。

そんな思わぬ盛り上がりを見せる、錬金術部主催の臨時花火大会の最中。

「シノ……君、凄いな」

リクスが目をぱちくりさせながら、隣で空を見上げるシノへ賞賛を贈る。

「ひょっとして、魔法花火とか作ったことある？」

すると、シノがぼそりと小さく呟《つぶや》くように答えた。

「……昔、昔、ある所にね……魔法で皆を笑顔にしてあげたかった……能天気な女の子がいたのよ」

同時に、高らかに嘶《いなな》いて天に咲き誇る誰かの光華。

「えっ？　今、なんて？　ごめん、花火の音で聞こえなかった……」

「……ふん、なんでもないわ」

ふいっと顔を逸《そ》らして髪をかき上げ、シノがその場を立ち去っていく。

一瞬見えたシノの横顔は……普段は常に不機嫌そうなその能面が、その口元が、心なしか緩んでいたような、そんな気もした。

「変なシノ。さて……俺も残りを打ち上げるとするか……」

リクスは手の中にある、最後の花火玉を見つめる。

すでに二発打ち上げたので、残り一発。

これでラストだと思うと、何かもったいないな……とリクスが苦笑いしていると。

「アニキ！　アニキ！」

トランが、リクスの腕をつついてくる。

「どうした？　トラン」

「ううう～～～っ！　アニキ、なんか悔しくないっすか⁉」

トランは、ぷっくーとむくれていた。

「悔しいって……何がだ？」

「皆の花火っすよ！　なんかこう……アニキとトランが作ったやつより、派手で綺麗じゃないっすか⁉」

「んー？　そうかぁ？」

空を見上げながら、リクスが首を傾《かし》げる。

「ま、確かにシノが作った花火とか、特に凄かったけど……俺は、トランと一緒に作ったやつが一番だって思ってるよ」

「ほ、ほんとっすか⁉　トランもそう思うっす！　アニキ、大好きっ！」

「ははは」

「でもま、それはそうとして！　やっぱりここは一つ、皆の度肝を抜くような最強の花火を上げてみないっすか⁉　トランとアニキで！」

「といってもなぁ……花火は、もう作っちゃったし……」

「アニキ、これ見てくれっす！」

どーん。

トランが両手で頭上に掲げているのは通常の三倍近くもある花火玉だった。

「こ、これどうしたんだ？」

「ふっ！　余ってた素材を集めて合わせて、今、トランが作ってきたっす！」

「な、何ぃいいいいいい⁉」

「大きさを三倍にすれば、凄さも三倍になるに決まってるすよね⁉」

トランはバカだった。

「なるほど、確かに！　でかした、トラン！」

そして、リクスもバカだった。

さらに間が悪いことに、シノはちょっと感傷的になって黄昏《たそが》れており、バカ二人から完全に注意を外していて。

ランディ、セレフィナ、アニー達も、自分達の花火や、他のグループが上げる花火に夢中になって、バカ二人に意識を割く余裕はなく。

エルシー先輩ら錬金術部の皆さんも、他の生徒達のお世話で手一杯で、バカ二人の動向は、完全にマークから外れていた。

「よし、さっそく点火しよう！」

リクスは自分の花火玉をローブの袖の中にしまい、早速、トランのバカ玉を受け取り、打ち上げ器へ入れた（入り口で突っかかったので、パワーで強引にねじ込んだ）。

「よし！」

「あ、待ってアニキ！　ここはトランにお任せあれ！」

フレイターを取り出したリクスをトランが止める。

「アニキ……よく考えてみてくださいっす！　さっき花火に点火した時……トラン達しょ

っぽい火の魔力をちょこっとしか込めてませんでしたけど……

あの時、もっと強力な火の魔力を込めたら……威力は倍増したと思いませんすか？」

トランはバカだった。

「トラン……お前、天才か⁉」

そして、リクスもバカだった。

「三倍の倍増で、十倍っす！」

「あまりにも完璧な計算……我が妹分ながら、末恐ろしいよ。よし！　やってくれ！」

二人揃《そろ》って特バカだった。

ということで。

誰も気付かない中、トランとリクスは、バカ玉をぶちこんだ打ち上げ器の前に立つ。

「じゃ、行くっすよ！」

そして、トランは低い獣の声のような音を口から零《こぼ》し始めた。

「〝ルォオオオオ――……〟」

それは、知る人ぞ知る、竜言語を利用した『竜言語魔法《ドラゴンズ・シャウト》』と呼ばれる魔法で……

そして、次の瞬間。

「カッ！」

トランの口から、花火を起爆するには明らかにオーバーキルな、鉄をも溶かす竜の灼《しゃく》熱炎《ねつほのお》が吐き出されて——

ちゅっどぉおおおおおおおおおおおおおおおおおおんっ！


「のわぁああああああああああああああああ⁉」

「あっれぇえええええええええええええええええ⁉」


「なんだ、なんだ⁉」

唐突の大爆発音に一同が振り返ると、そこにはなぜか地上で炸裂《さくれつ》した花火と、その衝撃で天へ吹き飛んでいくリクスとトランの姿があった……

「え、えええええ……？　何が……あったの……？」

唖然《あぜん》としているエルシーを筆頭とした錬金術部の面々と、他一年生達。

「くっ！　最初にこのオチ警戒してたというのに、俺のバカバカバカ！　いくら楽しかったからとはいえ、なぁんであいつらのことを意識から外してたんだぁ⁉」

ランディが頭を抱えて叫び。

「やれやれ……騒動が尽きん男じゃの〜」

「あわわわ、リクス君とトランちゃん、大丈夫かな⁉」

呆《あき》れ顔のセレフィナ、慌てておろおろするアニー。

「本っ当に、バカね。

やたら頑丈だから、多分大丈夫だとは思うけど……拾いにいくか……はぁ……」

シノがため息を吐《つ》いて短杖《たんじょう》を抜き、歩き始めるのであった。

第六章　急転

「あっは～っ！　アニキ～っ！　今日も、とっても楽しかったっすねぇ!?

これが学校っすかぁ!?　これが部活っすかぁ!?

これが青春ってやつっすかぁ～っ!?」


本日の部活動巡りを終えて、時分は夕暮れ。

《白の学級》の寮舎へと向かう道を歩きながら、トランは大はしゃぎだった。

「俺は、もう疲れたよ、トラン……心も、身体《からだ》もボロボロだ……」

トランの隣をトボトボ歩くリクスがそんなことをぼやく。

実際、リクスはボロボロだった。

全身焼け焦げて火傷《やけど》だらけ、ローブは煤《すす》だらけ。頭はチリチリである。

魔法花火の暴発に巻き込まれたダメージが、まだ癒えきっていないのだ。

「え？　そっすか？　トランはまだまだ全然、元気っすけど!?」

一方で、同じく暴発に巻き込まれたはずのトランは、ピンピンしていた。

多少、そのフードマントに煤がついているものの、トラン本人に爆発のダメージなど微《み》塵《じん》もない。火傷の痕一つない。

「そりゃ、竜だもんな……根本的に、火、効かんわな……

そういえば、トランを焼いて食おうとしたあの時も、いつまで経《た》っても、全然焼けなかったな……」

「……何してんだ？　お前」

「竜とは総じて、凄《すさ》まじい頑健さと各属性耐性を持っているらしいが、まさか人へ進化再誕を果たしたとしても、その特性が引き継がれるとはのう……

ますます得がたい人材じゃな！　欲しい！」

呆れたようなランディに、セレフィナが腰に手を当てて胸を張りながら言った。

と、その時だ。

「しかし……俺の部活……決まらないなぁ……」

リクスがため息を吐いた。

すると、ライディが意外そうに返す。

「んっ？　確かにお前、ほとんどの部から門前払いくらったけどよ。今日の錬金術部はそうじゃなかったろ？　錬金術部じゃダメなのか？」

「いや、その……アリっちゃアリなんだけどさ……最後に、うっちゃらかしちゃったからなぁ……気まずくて……」

「んー？　エルシー先輩ならアレで入部お断り！　みてーなことはしねえと思うが？　まぁ、お前ら、あの後、先輩からこっぴどくお説教はくらったけどよ」

「ぐう……」

あの大人しくて優しいエルシー先輩から、かなりキツめに叱られたことを思い出し、リクスがますます肩を落とす。

「ま、まぁ……それもあるんだけど。まだ決まらない理由は、なんていうか……ちょっとこの学院にある全部の部を回って見てみたくなった……ってのもあるかな？」

「……ほう？」

「いやぁ……俺、学校とか初めてだからさ。当然、学校の部活動なんてのも初めてなわけで……世の中には色々あるんだなぁって、見て回るのが楽しくなってきてさ。

状況的に、そんな呑気《のんき》なこと言ってる場合じゃないんだけどね……」

「ま。そういうことなら、それでいいんじゃねーか？」

「ああ、もちろん、決闘部以外でね！」

「そこは好きにしろよ」

ランディが肩を竦《すく》める。

「ところで、ランディ。君は何か部活やるつもりはないのか？」

「俺か？　もうすでに、入る部は決めてるぜ？」

「え？　そうなのか⁉　何をやるんだ？」

「ま、別に隠すことでもねーから言うけどさ。俺が入りたいのは、お前の嫌いな――」

と、リクスがランディと談笑していたその時だった。

ばずっ！　と、不意にリクスの背中に衝撃と体重がかかる。

「おっと⁉　……トラン？」

「んん～～～っ！」

見れば、トランがリクスの背中へ、飛び乗った形で抱きついていた。

リクスの首に腕を回し、ガッチリと脚を交差させてリクスの腰をホールドし、べったりと密着している形である。

「おいおい、どうした？　トラン」

「アニキぃ～、トラン、もう疲れたっす～、おんぶしてくれっす～」

「……嘘《うそ》つけ。お前、さっきまだまだ元気って言ったばっかりだろ」

「じゃあ、今、急にすっごく疲れたっす。だから、おんぶ～～」

「はぁ……なんだそれは……？」

リクスは呆れたようにため息を吐くしかない。

「……なるほど！　妹キャラには、こういう特権的な攻め方があるな！」

ランディが面白そうにニヤニヤする。

「こりゃあ、わからなくなってきたぞ……ヒロインレース・リクス杯。

お前らもうかうかしていると、思わぬ大穴に――……」

と、ランディがシノ達を振り向いてそう呟《つぶや》いた、次の瞬間。

「そう？」

「ならば、汝《なれ》の頭を、本当に何もわからなくなるように――」

「――してあげようか？　ランディ君」

じゃきん！

どこか据わった目をしたアニーとセレフィナの大杖と細剣《レイピア》が、左右からXの字に交差し、ランディの首をさらし上げるように押し当てられ、さらにシノの短杖がランディの顎をぐいっと突き上げていた。

「……ず、ずみばぜん……ッ！」

ランディは恐怖のあまり顔を真っ青にして硬直して震えていた。

……そんな一同を余所《よそ》に。

「ん～、アニキ、んー」

「やれやれ」

背中から頬ずりしてくるトランに、リクスが満更でもなく嘆息する。

思えば、トランには昔っからこういうところがある。

普段は、好き放題にリクスのことを振り回しまくるかと思えば……急にこんな風にべったり甘えてくることもあるのだ。

その無邪気で気まぐれで自由過ぎる有様《ありさま》は、まるで野良猫《のらねこ》のようであった。

とある戦場跡地で、偶然、リクスが拾った少女――トラン。

どうして、出会った瞬間から、自分がこれほどまでトランに懐《なつ》かれているのか、疑問に思わないことはないが……まぁ、悪い気はしなかった。

(……こんなやつを、何も言わずに置いていったんだな……俺だって自分の人生がある……あの選択に後悔はしないけど……さすがにちょっと悪いことしたな……)

今さらながら罪悪感をちくちく感じるリクスであった。

そうこうしていると、学院敷地《しきち》内の道が前方で二手に分かれている。

向かって左手の方の道の先に《白の学級》の寮舎がある。

だが、シノは右手の道を選び、歩き始めた。

「あれ？　シノ、どこへ行くんだ？」

「学院の図書室」

「え？　今から？　何しに？」

するとシノがくるっと振り返って、リクスの鼻先に指を突きつける。

「リクス。貴方《あなた》はすっかり忘れているのかもしれないけど。部活だけでなく、トランとの中途半端《ちゅうとはんぱ》な召喚獣契約も、早急になんとかしないといけないのよ？」

「あっ……」

「ダルウィン先生……あの人、なんだかんだで生徒に甘いわよね。

召喚獣契約の不備……学則に従えば即刻、退学処分でもいいのに、期限を付けてくれるあたりね。貴方も、大人達の厚意にあまり甘えすぎないように」

「う……ぐ……はぁい……」

「まぁ、とにかくよ。トランの『真の名』の掌握状況とか、本格的に詳しく調べてみないとなんとも言えないけど……とりあえず、過去に類似ケースがないかどうか、ちょっと調べてくるだけ。契約破棄が難しいなら他の方法を考えないと」

「そ、そういうことなら、俺も行くよ！　任せっきりにしてごめん！」

「別にいいわよ。私が個人的に調べたいだけだし。それに、二行以上の文章を読んだらすぐ眠くなる貴方がいて役に立つとも思えないし」

「辛辣ぅ……」

いつも通りの塩対応のシノに、リクスが凹《へこ》む。

だが、そんなリクスを叱咤《しった》するように、シノが言った。

「そんなことよりも、貴方にはもっと重要な役割があるわ」

「役割？」

「そう。トランから目を離さないこと。いいわね？」

「トランから目を離すな？　いや、そりゃ……離すわけないけどさ……ほら、こいつから目を離すと、一体、何をやらかすか……」

「そういうことじゃなくて……その、今の彼女はね……って、ああ、もう！　いちいち説明していたら、本日の図書室の利用時間が終わるわ！

後で話してあげるから、とにかく、貴方はトランを見てなさい。いいわね？」

「わ、わかった……」

そう言い残して、シノは一同と別れ、学院校舎にある図書室へと向かうのであった。

「おーい、リクス」

「うーす、今行く」

　そうして、《白の学級》の寮舎へ向かって先に歩き出しているランディ、セレフィナ、アニーへ追いつこうと、リクスがトランを背負いなおして歩き始めると。

「ねぇ、アニキ」

　不意に、トランがぼそりとリクスに耳打ちしてくる。

「どうした？　トラン」

「ちょっと二人で……お散歩しないっすか？」

　何の前触れもない唐突なトランの誘いに、リクスは目を瞬《しばたた》かせる。

「今からかぁ？　寮舎の門限には、まだまだ余裕あるけどさぁ……」

　今日はもう何か色々ありすぎて疲れた。

　さっさと寮舎に戻って、風呂《ふろ》にでも入ってゆっくりしたい。

　リクスがそんな風に考えていると。

「……駄目っすか？」

　甘えるような……それでいてどこかちょっとだけ寂しげな、そんなトランの声に。

「……はぁ～、わかったよ」

　リクスはなんとなく、了承してしまう。

そして、前方を行くランディ達へ、これからちょっとトランと二人で学院敷地内を一回り散歩してくる旨《むね》を告げるのであった。

――――。


リクスとトランが、夕暮れに染まる学院敷地内を、特に宛てもなく歩いて行く。

トランはもうリクスの背中から降り、自分の足でトコトコ歩いている。

リクスは自分よりやや先を行くトランについていく、という形だ。

（トランのやつ……突然、二人で散歩とか、一体、どういうつもりだ？

まさか、このタイミングで襲いかかってくるなんてことは……）

ちょっと戦々恐々としているリクス。

このタイミングでリクスを連れ出すということは、間違いなくなんらかの意図があってのことだろうが、トランは特に何も語らない。

下手クソな鼻歌を歌いながら、呑気に歩き続けているだけだ。


「〜〜〜♪」

「………」

（やれやれ。しかし――……）

リクスがふと、トランの背中から視線を切り、辺りを見回す。

左手には吸い込まれそうなほどの深い森があり、右手には城のように豪奢《ごうしゃ》な学院校舎があり、遠くには黄昏《たそがれ》に燃える美しい山々の稜線《りょうせん》が見える。

趣向が凝らされた美しい庭園があり、学院敷地内の道路には帰寮の途中であるらしい、部活動終わりの生徒達の姿が散見される。

向こうの魔法修練場では、未《いま》だ活動中らしいなんらかの部活動の生徒達が集まって何かを一生懸命に行っていた。

大自然と若者達の活気に溢《あふ》れるこれが、この光景が、この学院のごく日常。

毎日変わらない〝当たり前〟の風景。

だが、そんな当たり前の風景を、リクスは何度見てもこう思う。

とても尊く美しい光景なのだ、と。

（……夕暮れ……黄昏は……嫌いだったんだけどな、俺……）

全てが紅と金色で強烈に染まる黄昏は、どうしても血と炎の戦場を想起させる。

その後を追うようにやってくる、恐ろしい闇夜を想起させる。

そして何より、黄昏の色は、あの剣先に灯《とも》る忌々《いまいま》しい〝光〟と――リクスの記憶の奥底にある、とある原風景を想起させる。

あの記憶は、あの光景は、一体、何なのか？

リクスにはよく思い出せないし、わからないが、そう、きっと、アレは多分――……


「アニキ」


と、その時だった。

トランに名前を呼ばれ、記憶の奥底へと飛ばしかけていた意識が、不意に現実へと引き戻される。

リクスは頭を軽く振って、トランに応じた。

「ん？　どうした？　トラン」

「学校って……楽しい所っすね……」

トランがリクスをくるりと振り返り、屈託なく笑っていた。

だが――それは恐らく、リクスがトランとは、それなりに長い付き合いだったからなのだろう。屈託なく笑うトランの笑顔がどこか寂しげで、ともすれば今にも泣きだしてしまいそうなほど哀《かな》しげだ、と感じたのは。

「……トラン？」

「アニキが傭兵《ようへい》やめて、こっちに来た理由……とてもよくわかるっす。・

アニキ……実は、トラン……この学院にやって来たの、二週間くらい前なんすよ」

「！」

二週間ほど前。

それはつまり――あのキャンベル・ストリートで、アンナと激突した事件が終わり、ようやく落ち着いた頃の話だ。

でも、リクスが、トランと学院で実際に会ったのは……一週間ほど前の話だ。

そこには一週間ほどのラグがある。

「どうして、もっと早く俺の所に来なかったんだ？」

「最初は。……アニキを見つけたら、速攻で仕掛けようと思ってたっす。

〝来る者は拒まず、去る者は地獄の果てまで追いかける〟……傭兵団の鉄の掟《おきて》に従って、アニキをボコして、無理矢理連れて帰るつもりだったっす。

首を縦に振らなかったら、首を落として縦に振らせるつもりだったっす」

「……怖いなぁ」

「でも」

ここでトランは一旦、言葉を切り、目を伏せて呟《つぶや》いた。

「トラン……見ちゃったんす」

「……見たって……何を？」

「アニキの……すごく楽しそうな顔。傭兵団にいた頃には、トランも見たことなかったような……気が抜けてて、隙だらけで……でも、ものすごく楽しそうな顔……」

トランが目を瞑《つぶ》る。

この二週間前、遠くから密《ひそ》かに観察していたリクス達の姿を思う――

~~~。

「ちょっと、リクス。貴方、いつまで遊んでいるわけ？

中間テスト勉強会の意味、わかってる？」

「ま、待ってくれ、シノ！　この一局だけは……この一局が終わったら……ッ！

うおおお、くらえ！　我が魂の一手！　俺の誇りにかけて……ッ！

これで、俺の勝ちだぁあああああああ――っ!?」

「ほい、チェックメイト。
~~~

これで今度の『森のブラウニー亭』での飲食代、全部お前の奢《おご》りな？　リクス」

「ぐわぁあああああああああああああ!?」

「お前は、やりたいことが分かり易《やす》すぎるんだよ。正面突破ばかり狙ってねえで、もっと色々考えてだな……」

「くっ！　戦場では正面突破で大体なんとかなったというのに、なぜ……ッ!?」

「戦場と戦戯盤《チェス》を一緒にすんな、この傭兵脳。

戦場にしたって、それでなんとかなるのはお前だけだっつーの」

「しかし、ランディ……汝《なれ》、強いのう。

どうじゃ？　このテスト勉強会終わったら、余と一局指さぬか？」

「お？　いいぜ？　言っとくが俺、姫さん相手でも容赦しねえからな？」

「ふふん！　平民風情《ふぜい》がいっちょ前に言いよるわ。まぁ、良い。許す。

どうせ、汝《なれ》は格の違いとやらを思い知ることになるじゃろうからな！」

「皆～、お疲れ様！　お茶とお菓子を用意してきたよ～」

「おおおお！　ありがとう、アニーっ！

よし、皆！　これまで一生懸命がんばったわけだし、ちょっと休憩しようぜ！」

「リクス……貴方《あなた》、一体、いつ勉強するつもりなわけ？

後悔しても知らないんだから」

──たとえばこんな、学生だったらごくごく普通の、なんでもない一光景。

トランが木の枝の上から、寮舎の窓越しに覗《のぞ》いていた談話室の楽しげな光景。

もちろん、これだけではない。

トランが密かに観察する、リクスの毎日は──

〜〜〜。

「ん……本当に、アニキ、いつも……楽しそうだったっす」

「トラン……」

「だから、トラン……実はすぐにわかっちゃったんす……

もう……アニキの居場所はあの傭兵団じゃなくて……戦場じゃなくて……こ、こっちになっちゃったんだって……」

そして。

「アニキと一緒に、学院生活とやらを送ってみれば……少しは、この学院がアニキにとって相応《ふさわ》しくない所も見つかるかなって……思ってたんすけど……

あはは、全然そんなところなかったっすね！　もう充分っす！」

トランは、こう消え入るように続けるのであった。

「……もう……トランは……アニキに必要なくなっちゃったんすね……

トラン……要らない子になっちゃった……」

トランは、目の前にいるのに。

確かに、リクスの目の前にいるのに。

今にも夢か幻であるかのように消えてしまいそうな、寂しい微笑《ほほえ》みを浮かべていた。

「そんなことない」

どこか焦《あせ》ったようにリクスが言う。

「お前が俺にとって、必要なくなる？　どうしてそんなこと言うんだ？」

「トランは……戦いに生きるアニキの傍《そば》で戦うから、価値があったんす……意味があったんす……

でも……アニキが戦い以外の居場所を見つけたら……戦うことをやめたら……もう、トランには、なんの価値も意味もなくなっちゃう……」

「どうしてそうなるんだよ⁉　トラン！」

リクスはトランの言っている意味がわからず、思わず詰め寄った。

「戦う俺の存在が、お前の存在理由ってことか⁉　そんなバカな話があるか！

俺は俺！　お前はお前だろ⁉

俺には俺の人生があるように、お前にはお前の人生があるんだ！

お前という存在に、価値と意味がなくなるなんて……そんなわけがあるか！」

「ううん……そうなっちゃうんすよ、アニキ。きっとそう」

「なんでだ⁉　その理由は⁉」

「理由？　……さぁ？　実はトランにもよくわからねっす。

でも……トランの心の中の深いところで……そう確信しているんす。

トランは……そういう存在だって。

トランは……アニキと一緒に戦うために……こうして生まれてきたんだって」

「……ッ⁉」

不意に、リクスは思い出す。

初めてトランと出会ったあの日を。

どこかの大荒野にて、偶然見つけた卵を。

初めて会って……初めて〝アニキ〟と呼ばれた時のことを。

あの卵は――一体、なんだ？

トランからリクスへの一方通行の召喚獣契約――それは一体、なんなんだ？

最早《もはや》、古竜種の生まれ変わりとか、そんなことは重要じゃない。

トランとは――そもそも一体、何者なんだ？

どうして……今の今まで、そんな大事なことを深く考えず、能天気に放置していたのだろうか？

「アニキは凄《すご》いっす。尊敬するっす。だって……アニキは、ちゃんと自分で考えて、自分の新しい人生を歩んでいこうと歩き始めたんすから。

でも、トランはバカだから……アニキに相応しいのは血みどろの戦場だって、何も考えずに、ずっと思い込んでて……てっきりトランと一緒に、ずっとずっと死ぬまで戦い続けるんだって……そう思い込んでいたっす……

ああ……トラン……やることなくなっちゃった……これからどうしよう……？」

そう力なく呟くトランの目尻に、じわりと涙が浮かぶ……

「トラン……ッ！」

リクスが叫ぶ。何かまずいと思ったのだ。

今、ここでトランを引き止めないと、取り返しのつかないことになると思ったのだ。

「俺もバカだから、お前の言いたいことが、いまいちよくわからないよ。

というか、俺とお前って結構付き合い長いのに、お互いわかんないことだらけだよな？

俺だって……自分のこととか、生い立ちとかよくわかんないし」

「…………」

「でもさ、これからどうしたらいいかわかんないならさ……お前も俺と一緒に、この学院に通ってみないか？」

「この学院に……っすか？」

「ああ、そうさ。なんだかよくわかんないけど、お前は俺の召喚獣らしいから、お前と一緒に学院に通うこと自体は、特に問題ないはずだ。

その……召喚獣契約関係は……なんとかするからさ……」

猛烈に、予感がしたのだ。

今、ここでトランを繋《つな》ぎ止めないと、トランは去ってしまう。

恐らく……古巣のブラック傭兵団の下には帰らない。

トランの居場所は、リクスがいる戦場のみ。

リクスが団にいない以上、トランにとって、そこはトランの居場所ではない。

だから——きっと、トランはリクスの与《あずか》り知らない戦場で、これからずっと独りぼっちで何の意味もなく戦い続けるのだ、と。

かつての自分同様、彼女には戦う以外に道がないから。

——同類だから、痛いほどわかってしまったのだ。

だから——

「俺と一緒に、学院に通おう。きっとお前にだって……戦い以外の道が見つかるさ」

精一杯の誠意を込めて。

リクスはそうトランへと伝えるが。

「…………」

トランは寂しげに、頭を振るだけだった。

「……なんでだよ、トラン」

今、何か決定的に両者の道が違《たが》えてしまったことを悟りながら、リクスが喉奥から絞り出すように問いかける。

「なんで……そこまで、俺の傍で戦うことに拘《こだわ》るんだ……？

なんで……お前には、それしかないんだ……？」

「あはは……なんでっすかね……？

でも……最近……とある夢をよく見るようになって……

それで、なんとなくわかってきたことがあるっす……

そう……多分……トランとアニキは――……」

と、その時だった。

「はぁ……ウザいな。茶番はそこまでにしてくれないか？」

どこまでも人を小馬鹿にして蔑みきったような声が、リクスとトランへ浴びせかけられた。

「意味？　価値？　……笑止。

君達ごとき凡夫の葛藤に、意味も価値もないよ。

だが――古竜種という存在は貴重だ。それだけには意味と価値がある」

いつの間にか。

リクスとトランは、十人近い上級生らしき生徒達に取り囲まれていた。

だが、普通の生徒とは身に纏《まと》うローブが違う。《白の学級》のものでも、《青の学級》のものでも、《赤の学級》のものでもない。

金の刺繍《ししゅう》が入った特別製のローブを皆、着用していた。

そして、それはなんらかの魔法だったのだろう。

リクスの優れた戦士の感覚にまったく気取《けど》らせず、この距離まで近づいてきた謎の集団に、リクスは思わず背筋に寒いものを禁じ得なかった。

「……何者だ？」

そして、明らかに穏やかじゃない雰囲気を放つ謎の集団に対し、リクスは腰の剣の柄に手をかけ、油断なく身構えながらそう問う。

すると——その集団のリーダーらしき上級生が、呆《あき》れたように肩を竦《すく》め、リクスを小馬鹿にするような態度で言った。

「やれやれ、この学院に籍を置きながら、我々をご存じないとは。

これだから愚者上がりの偽物《にせもの》は、困る。

いいだろう、教えてあげよう。よく心に刻むといい。

我々こそが『治安維持執行部』——この学院の秩序だ」

第七章　略奪契約

それは——リクス達がトランと合流した直後、本格的に部活動巡りを始める前のことだ。

「しっかし、この学院って、本当にたくさんの部活動があるなぁ……どこから回っていくか目移りしちゃうよ」

パンフレットを流し見しているリクスへ、ランディが言った。

「まぁ、有名どころを上げていけば、決闘部、飛行術部、占星術部、錬金術部、魔法生物飼育部、身体魔法競技部、召喚獣闘技部、遺跡探索調査部、魔楽合奏部……

この辺りが規模・部員数が多く、毎年なんらかの成果や成績を出している、この学院の顔らしいな」

「他にも規模は小さいが、魔法遊戯同好会とか、東方呪術研究会、魔法料理同好会……色々な課外活動グループがあるみたいじゃの」

「部活動とは違うかもだけど、こういう学院に存在する各部活動や学院内で行われる各種イベントなどを統括する、生徒会執行部という組織もあるみたい」

「部活動と同好会の違いってなんだ？　シノ」

「パンフ読む限り、学院公認で生徒会から予算が下りるのが部活動みたいね。逆に、予算援助のない活動集団が同好会。前者は四半期に一度の活動報告が義務づけられるけど、後者はフリー」

「なるほど」

パタン！　とリクスがパンフレットを閉じて立ち上がった。

「ま！　とりあえず色々と見て回ってみることにするよ！」

「お供するっす！　アニキの〝ショーカンジュウ〟として！」

「はぁ……いいけど、あんまり騒ぎを起こすなよ？　トラン」

「はーい！　りょ～っす！」

「まったく、どの口が言うのかしらね」

そんな風に、リクス達が早速、部活動見学へ向かおうと歩き始めた……その時だった。

「ちょっと待て、リクス」

そんなリクスの肩を、ランディが叩《たた》いた。

「楽しみにしている所に水を差すのもアレかと思って、言うか言うまいか迷ったが……やっぱ、事前にきちんと知っておいた方がいいと思ってな」

「ん？　なんだい？」

「この学院には、確かにたくさんの部活動や同好会が存在し、放課後、それぞれ独自に課外活動を行っている。

学院の生徒会執行部公認のちゃんとしたものから、非公認で勝手に活動を行っているグループもいる……この非公認の連中が曲者《くせもの》でな。

とは言ってもまぁ、大方の連中が、ちゃんと節度と常識をもって活動している良心的なグループなんだが……一部、俺達が関わっちゃいけない、ヤベェ連中もいる。

学院側から禁止されている魔法の研究を勝手に行う連中や、危険思想の半グレ連中の集まりとかな。

その中でも特に、関わっちゃいけねえヤベェグループの筆頭が――……」

――――。

「――『治安維持執行部』……先輩達が、あの有名な？」

リクスが警戒の意識レベルを一段階上げて、身構えた。

隣で、事態のよく飲み込めないトランが目をぱちくりさせている。

そんなリクスの反応に、わずかに機嫌を良くしたらしいリーダー格の生徒が、薄ら笑いをしながら言った。

「ああ。この学院に在籍するなら、よく心に牢記《ろうき》しておくといい。

私は治安維持執行部部長――三年生、ジェラルド＝ローウェル」

ジェラルドは、いかにも生真面目《きまじめ》で融通の利《き》かなそうな、優等生然とした男子生徒であった。整った顔立ちの優男《やさおとこ》だが、どこか常に人を見下しているような雰囲気があり、近寄りがたい。

恐らく、貴族なのだろう。身なりは整っており、指輪やイヤリングなどのアクセサリーは、リクスがひっくり返っても手が出せない高級品ばかりであった。

「なるほど、君達のような愚者上がりの凡夫一年でも、さすがに我々のことは知っていたか……ふっ、どうやら我々の意義ある活動が、ようやっと、この腐りきった学院に浸透してきたようで何よりだ……」

そんな風にリーダー格の生徒――ジェラルドが得意げに髪をかき上げるが。

リクスがあっけらかんとこう言った。

「確か、学院公認の部活動や委員会じゃない、非公認の同好会なんですよね？

危険な不良どものたまり場だって。

なんでも、本来、生徒会執行部が、学院側から正式に委託された執行権をもって取り仕切らないといけない、この学院の事件や案件に、無断で踏み入っては、自分勝手に処理解決しようとする困った連中だって……」

「………」

「俺が言うのもなんですけど……あんま人に迷惑かけない方がいいっすよ、先輩達」

そんなリクスの物言いに、ぴり……と、リクス達を囲む生徒達の間に苛立《いらだ》ちが走る。

ジェラルドも、リクスを見る目が一段階、冷たく鋭くなっていた。

(あれ？　怒ってる？　俺、何か拙《まず》いこと言ったかな？)

小首を傾《かし》げるリクスへ、ジェラルドが言った。

「やはり、凡夫だな、君は。我々の活動をそのようにしか評価できないとは。

君にはわからないだろう？　今、この学院がどれだけ腐っているか。

そして、この腐った学院を自浄するため、我々がどれだけ腐心しているか」

「はい、わかんないです。だって興味もないですし……」

正直に答えただけなのに、なぜかジェラルドを筆頭に、リクス達を取り囲む治安維持執行部の生徒達はますます苛立ちを募らせていっているようである。

(……なんでぇ？)

「全ては、あの無能な学院長、ジェイクがこの学院に赴任してきてからだ。

この学院に『愚者の霊薬』による魔術師覚醒カリキュラムが導入され、以来、物の分別もわからない、君のような平民上がりの愚者どもが、続々と魔術師などという過ぎたる肩書きを得て、悍《おぞ》ましくも油虫のように増殖し続けてきた……

連中は魔術師という崇高なる者になるには、あまりにも愚かしいからね。

この学院でも次々と問題や事件を起こすようになった……やはり、魔術師は我々高貴なる血を持つ者にしか務まらぬのだよ……」

「あれっ？　でも、力を得ちゃった一部のバカな魔術師が、たまに調子に乗って色々と事件や問題起こすのは、魔術師の有史以来、伝統的にずっとですよね？

そこは別に、平民も貴族も関係ないって……こないだ魔法史のギブソン先生から、そう習ったんですけど？」

なぜか心象が悪そうなので、リクスはちゃんと授業を聞いている、ちょっと真面目な生徒をアピールしてみたが。

ビリビリ……さらに周囲の生徒達の苛立ちが増した。

（なんでぇ⁉）

リクスは涙目になった。

「フン。まぁ、とにかくだ。魔術師達の集団生活における秩序を保ち、統率的で建設的な日々の活動に従事させるためには、その集団のトップに、時に己が手を汚すことも厭《いと》わない絶対的な力と意志を持った執行組織が必要なのだよ。平民上がりの君の足りない頭でも、それくらいわかるだろう？」

「あ！　それはわかります！　督戦隊みたいなもんですよね⁉」

※督戦隊……傭兵《ようへい》や軍において、自軍部隊を後方より監視し、自軍兵士が命令無しに勝手に戦闘から離脱・敵前逃亡しようとした際、それに攻撃を加え、強制的に戦闘を続行させるというかなり鬼畜な任務を持った部隊。

「いやぁ、必要ですよね！　金で雇われた連中は分が悪くなると、すぐに味方見捨てて逃げますもんね……でも、任務とはいえ気分悪いんすよねぇ、味方斬るの。ははは……」

「と、とにかく、これでわかっただろう？　我々の活動の意義が」（どん引き

ジェラルドが頬を引きつらせ、ローブの裾を広げながら言い放った。

「いつだって、集団の秩序は〝力〟によって保たれる。

これは最早《もはや》、必要悪といっていい。

それを崇高なる意志と決意をもって、執行するのが我々治安維持執行部……秩序のため

に悪を是《ぜ》とする、選ばれし者達だ。

そう、この日々の学生生活のほぼ全てが生徒達の自主性に任された自由なこの学院の秩序が、日々保たれているのは……我々の尽力の賜物《たまもの》なのだよ」

ジェラルドがそう自信と誇りに満ちた表情で、堂々とそう宣言するが。

「……でも……生徒会執行部で良くないですか？　それ。

なんで、無関係な一般生徒の先輩達がしゃしゃり出る必要が……？」

そんな風に、キョトンと首を傾げて腕組みするリクスの率直な感想と疑問に。

ギン！　取り囲む生徒達の殺意のボルテージがさらに上がった。

（なんでぇ⁉　なんでぇえええええ⁉）

もうリクスには、どうしてここまで連中が怒っているのかさっぱりだった。

「やれやれ、君は何もわかってないな。

生徒会執行部？　連中は魔術師の現実と真実が何も見えていない無能集団だ」

ジェラルドが、心底吐き捨てるように、蔑みきったように言った。

「どうせ問題を起こすのは、物の分別もわからぬ平民出身の魔術師なのは、すでにわかりきっているというのに。連中の排斥こそ学院の秩序を保つ唯一の道だというのに。

あの生徒会執行部の無能連中どもは、平民出身の魔術師でも入学しやすいよう、この学院にて学生生活を送りやすいよう、様々に無駄な支援を行い、かつ、貴族と平民間の軋轢《あつれき》の関係調整にもいちいち腐心している。

魔術師という肩書きからは想像を絶する愚物どもの集団だ」

「……？」

「そして何よりも許せないのは、我々のような真に魔術師達の未来を憂う心ある生徒達を否定し、生徒会執行部への入会を端《はな》から拒絶したことだ。

そのような大義も未来も見えぬ愚物共が、この学院を上から牛耳《ぎゅうじ》り、あまつさえ生徒会執行部に所属している……というだけで、将来、様々な栄光が約束されているなど、あってはならない。

この学院は腐っている。腐っているからこそ、誰かが正さねばならないのだ。

わかったかい？　そこの一年」

「うーん……？」

しばらくの間。

リクスはうんうん唸《うな》りながら腕組みして、ジェラルドが言ったことを、心の中でようやく反芻《はんすう》して。

やがて、ようやく合点《がてん》がいったとばかりに、ポンと拳を手で打ち鳴らした。

「そうか！　そういうことか！　俺、わかりましたよ、先輩！」

「ふっ……やっとわかったか？　褒めてや……」

「先輩達、本当はこの学院のトップ組織である生徒会執行部に入りたくて入りたくて仕方なかったのに、門前払いくらって、ふて腐れちゃったんですね⁉

だから、仕方なく治安維持執行部なんていう、しょうもないチーム作って、生徒会執行部の真似事《まねごと》を勝手にやって、駄々っ子みたいに対抗してる……そういうことですね⁉」

「死にたいらしいな、君」

「なんでぇえええええええええええええ⁉」

取り囲む生徒達の視線は最早、敵意を通り越して殺意の光となっていた。

一体、自分はどこで何を間違えたのか……リクスの自問自答は尽きない。

（くっ……ランディに注意されてたから、あまり目をつけられたくなかったのに！）

そんな風に辟易《へきえき》しているリクスへ。

「……まぁいいさ。君のような薄汚い底辺平民の凡夫に、崇高なる我らの理念を理解してもらおうなどとは最初から思っていない。

しょせん、君と私とでは、住んでいる階層の高みが違うからな」

「そ、そんな、先輩……そこまで自分を卑下しなくても……もっと、自分に自信を持って生きていきましょうよ」

「なんで、私が君の下になっているんだよ⁉　話せば話すほど不快なやつだな！」

とことん調子を崩されるジェラルドであった。

「ところで……どうして我々治安維持執行部が、君達の前にこうして姿を現したか……君に理解できるかい？」

「え⁉　い、いやいやいや、お、俺、まままままったく心当たりがなななななな――」

「なんだ、その心当たりありまくりみたいなリアクション」

リクスと話していると、心底疲れてくるジェラルドであった。

「安心したまえよ。今日のところは、君にはまったく用がない。

勘違いされても困るが、我々は、いずれこの学院から平民を排除することを理念に掲げてはいるが、さすがにまったく何もやっていない無実の生徒に対して、私刑や制裁を加えるような無体な組織ではないのでね……」

「そうなんですか⁉　マジで⁉　ウッソでしょ⁉　なんか欺《だま》してないっすか⁉　嘘吐《うそつ》きは泥棒の始まりっすよ⁉　もっと正直に生きましょうよ⁉」

「……君は本当にいちいちムカつくな」

心底から意外そうに驚いているようなリクスの反応に、舌打ちするジェラルド。

「我々が用があるのは、そこの君だ」

「？？？」

そう言って、ジェラルドが指さしたのは——トランだった。

当のトランは欠伸《あくび》をしていたところに、突然、話を振られて目を瞬《しばたた》かせている。

（くそ……やっぱりか……）

リクスが内心歯噛《はが》みする。

フェニックスの卵事件に、魔法生物飼育部の魔物脱走事件。不完全な召喚獣契約。その他もろもろ。さすがにトランは、この学院で色々と悪目立ちしすぎた。

彼女は異分子。本来、学院にはいてはいけない存在。

ならば、こういった治安維持執行部のような過激派自警組織が、トランを排除しにやって来たとしても……まったくおかしい話ではない。

「待ってください、先輩。トランは俺の召喚獣です」

リクスが、トランを背中に庇《かば》うように前へ出る。

「アニキ⁉」

「召喚獣のやったことは、そのマスターである俺の責任なはず。どうかトランには手を出さないでくれませんかね？　制裁とかなら俺が受けますんで」

どうせ痛みには慣れてる。

敵に捕まって拷問をくらったことも、別に一度や二度じゃない。

意識的に痛覚を遮断し、心を無にしていれば、どうとでもなる——

だが。

「わかってないな、君は」

にやり……と、ジェラルドが不意に蔑むように笑った。

「確かに、学院内の秩序をいたずらに乱した彼女は、本来ならば我々の制裁対象にある。

だけど——世の中には、その価値ゆえに横暴が許される者が、確かに存在するのだよ。

それは我々、貴き血を持つ貴族であったり——

はたまた、彼女のように、世にも珍しい貴重な存在だったりね」

「……ッ!?」

「聞いたよ。彼女……〝古竜種〟だってね？」

その言葉に、リクスがすっと目を細めた。

今までのようなどこか戯《おど》けた様子から一変、戦場で敵を見据える鋭い瞳となった。

リクスの戦場に生きる戦士としての鋭い嗅覚が、鋭敏に察したのだ。

目の前のこの男は……自分の敵なのだと。

「……それがどうしたっていうんすか？」

リクスがより深く、身構えながらそう問う。

「実に素晴らしいじゃないか。彼女という存在がいかに奇跡的なものなのか……凡夫の君にはその価値などまるでわかるまい？」

そう大仰に言って、リクスへ続ける。

「なぁ、リクス君。

たとえば、無能な生徒会執行部の、分不相応な執行権然《しか》り。

たとえば、下賤《げせん》な君が持つ、分不相応な大いなる古竜種の召喚獣然り。

真に価値あるものは……それを得るに相応《ふさわ》しい資格ある者の手にあるべき……そうは思わないか？」

ジェラルドがそんなことを言った——次の瞬間だった。

「そう。たとえば——この私のような」

さっと、ジェラルドが合図するように手を上げて。

同時に、リクス達の周囲を取り囲む生徒達が、何事か呪文を唱えながら、杖《つえ》や手を振り上げる。

「「「〝拘束〟！」」」


次の瞬間、その場に紫電が走り、無数の光の輪がリクスやトランの手足や胴を囲うように捉え、同時に、その動きを完全に封じ込めてしまうのであった。

「な、なんだこれ……動けないぞ……ッ⁉」

「ぐ、ぐぬぬぬぬぬぬ……ッ！」

リクスはおろか、トランの怪力をもってしても、その光輪は破れなそうであった。

「破れるわけがないだろう？　【拘束魔法】……対象の動きを封じる魔法さ。

しかも、十人分……魔法の使えない君に抜けられるわけがない。

さて……」

リクス達を完全に無力化したジェラルドが、勝ち誇ったように胸を張りながらゆっくりとリクス達へと歩み寄っていく。

「く……」

「先輩として、少し君に召喚魔法の授業をしてやろう。

君と彼女の中途半端《ちゅうとはんぱ》な召喚獣契約……それが今、いかなる状態なのかを」

「……ッ⁉」

はっとするリクスの前で、ジェラルドが説明を始めた。

「魔術師が召喚魔法の召喚獣を得るには、多くの場合、その召喚獣と直接、対面して契約をする必要がある。

契約に持ち込む方法はなんでもいい。対話で交渉し、契約に応じてもらうのもいい。

あるいは力で強引にねじ伏せ、無理矢理契約に持ち込んでもいい。

そうして【召喚誓約の儀式】を執り行い、魔術師は召喚獣の『真の名』を鑑定し、識《し》ることによって掌握・支配する。実に稀《まれ》なケースだけど、召喚獣が知的生命体である場合、召喚獣側から魔術師側へ『真の名』を供出するケースもあるそうだ。

いずれにせよ、その瞬間、双方の契約が成立し、召喚獣は魔術師のものとなる。

これがごく一般的な召喚魔法の契約方法だ。もう授業で習ったか？」

「……ッ！」

ジェラルドが、動けないリクスの前で、トランの前に立つ。

「で。普通、召喚獣のマスターたる魔術師が死ぬと、全ての契約は無効になる。

マスターたる魔術師に存在掌握されていた召喚獣は解放され、自由となる。

だけどね……ごく稀に……いるんだよ。

マスターが死んでも、亡《な》きマスターへの隷属契約を保ち続けている召喚獣がね」

「ぐるるるるる……っ！」

威嚇するように低い唸《うな》り声を上げるトランの顎を、ジェラルドがくいっと摑《つか》み上げる。

「召喚獣の、亡きマスターへの深い信頼や愛情ゆえか、あるいは、亡きマスターの召喚獣に対する妄念や呪いゆえか……それはよくわかっていない。

いずれにせよ、いるんだよ。マスター不在でありながら、召喚獣契約に縛られ続ける哀れな存在がね……そういった連中を、我々召喚魔法に傾倒している魔術師はこう呼んでいるよ……『はぐれ召喚獣』と。

そう、まさに今の君のことだ、古竜種」

その時だった。

「トランは、はぐれじゃないっ！」

トランが、目を鋭く怒らせ、牙も剝《む》き出しに叫んだ。

「トランには、アニキが……ッ！　……、……アニキが……」

だが、苛烈な吠《ほ》え声は、どんどんと自信のない弱々しいものになっていく。

そして、そんなトランの内面や心情など露ほどもわからないジェラルドが、小馬鹿にするように鼻で笑う。

「そう。そこが不思議なところだ。

なにせ、君のマスターは死んでいない。ご覧の通り、生きている。

だというのに、スフィアを展開して霊的視覚で君という存在を確認すると、確かに、そのリクス君への召喚獣契約が一方通行で通っている。

こんなケースは私も初めてだ。君の状態を魔法的に表せば、『はぐれ召喚獣』であることに間違いないのに、マスターが存命する……ははは、召喚魔法学会騒然だろうな」

そして、トランの前でジェラルドは短杖を抜いた。

「まぁ、色々語ったけど、そんなことはどうでもいい。

重要なことは……トラン、君が正マスター不在の『はぐれ召喚獣』であること。

その一点だけだ」

そして、ジェラルドは杖先を動かし、トランの眼前で光の文字を書き連ね始めた。

「……ッ!?」

トランの瞳が、その文字に釘付《くぎづ》けになる。

文字が。文字が。文字が。

トランの視覚を通して、その存在本質に吸い込まれていく。

次の瞬間。

「ァ、ァ、ァアアアアアアアアアアアアアアアアアアアアア
アアアアアアアアアアアアあああああああああ――ッ⁉」

耳をつんざくようなトランの絶叫が上がった。

見れば、トランの苦しみ方が尋常じゃない。

トランはまなじりが引き裂かれんばかりに目を見開き、白目を剝いて。

その華奢《きゃしゃ》で小柄な身体《からだ》が、瘧《おこり》でも起こしたかのようにガクガク震えている。

口の端から軽く泡まで零《こぼ》し始めていた。

「おいっ！　お前！　トランに何をした⁉」

リクスがジェラルドへ摑みかかろうと身体に力を込めるが……リクスの全身を拘束する
光の輪は信じられないほど頑丈で、びくともしなかった。

「本来、今の私の位階では、人に生まれ変わったとはいえ、古竜種の『真の名』を割り出すなんて、とてもとても。

でも、『真の名』がわからないなら……上書きしてしまえばいいだろう？

私が知っている名前に、な」

「……ッ⁉」

『偽《ぎ》の名』。私が彼女に『真の名』に代わる存在定義名を与える。そうすれば、私は彼女という存在を、召喚獣として掌握できるのだよ」

「なん……だって……ッ⁉」

「無論、こんな小細工、通常の召喚獣相手には、まったく通じない。だけど──例外的に『はぐれ召喚獣』には効果覿面《てきめん》だ。

なにせ、【召喚誓約の儀式】はすでに済んでいるのだからね。本来のマスターの立ち場に成り代わる形で、召喚獣の支配権を得ることが容易に可能というわけだ」

「やめろ……ッ！」

目を怒らせるリクスの前で、ジェラルドが酔ったように言う。

「それにしても素晴らしい！

まさか、この私が古竜種を召喚獣として手にすることができるとは！

彼女は〝力〟だ！　それもこの世界で考え得る限り、特上の〝力〟だッ！

この力さえあれば、あの忌々《いまいま》しい生徒会執行部を潰すなどわけもない！　我々治安維持執行部が、この学院のトップとして立つことも夢ではないのだ！

はははははははっ！　ははははははははははははははははっ！」

「あ、アンタ、何考えて……ッ⁉」

「ああ、安心したまえよ、リクス君！

君には彼女をまったく使いこなせないだろうが、私ならば彼女のスペックを120％発揮させることができる！　彼女もきっと喜ぶはずだ！

さて、完全掌握した際には、何から始めようか⁉　どんな調教をしてやろうか⁉

フッ……脆《もろ》く弱い人間の身体なんか要らないな！　先祖返りさせてやろうか⁉

それとも、人間のまま、全身様々な肉体改造を施してみるのも一興かもしれん！

実に、創作意欲がわいてくる最高の素材だよ！

そうは思わないか⁉　元・マスターのリクス君！

はははははははははははははははははははははははは――ッ！」

「この下種《げす》野郎……ッ⁉」

リクスが憤怒《ふんぬ》のあまり奥歯を噛み砕きそうなほど食いしばり、それでも何もできないこの状況に苛立《いらだ》っていると……まさに、その時。


「〝分《わきま》を弁えろ、下郎共〟」

突如、爆発的に膨れ上がる存在感と圧力、魔力と共に、魂まで凍るような凄《すさ》まじい凍気が、暴嵐のように渦を巻いた。

その凍気と衝撃は、リクス達を拘束する光輪の全てを凍《い》てつかせて破壊し――同時に、周囲の治安維持執行部の上級生達をことごとく吹き飛ばしていた。

「ぎゃあああああああ⁉　腕がぁ⁉　僕の腕がぁあああああ⁉」

「足が……私の両足が固まって動かないわ……ッ！」

「ひぃいいいいいいいいいいいいいいい――ッ⁉」

手足が完全に骨まで凍り付いた上級生達が、悲鳴を上げて半狂乱で転げ回っている。

それは知る人ぞ知るだろう――竜言語魔法《ドラゴンズ・シャウト》【凍てつく吐息《バニシング・フォース》】。

極低温下ではあらゆる運動とエネルギーが停止する。

それゆえにあらゆる魔法や呪法を打ち消すという、竜の咆哮《ほうこう》であった。

その叫び手は、当然――

「……トランッ⁉」

「〝…………〟」

リクスの呼びかけに、トランは応えない。

ただ、そのか細い喉奥から、低く獰猛《どうもう》なる獣の唸り声を漏らしている。

普段の無邪気な様子はどこへやら。

トランは全身から暴力的な魔力と、巨人のような存在感を漲《みなぎ》らせ、どこまでも冷たく凍てついた冷酷な目で、周囲の生徒達をゴミでも見るように睥睨《へいげい》している――

「〝剣士殿に感謝するがいい。貴様ら下郎共を心胆まで氷漬けにしなかったのは、ひとえに剣士殿に免じてのことなのだからな……〟」

そう言い捨てて、トランはジェラルドを鋭く流し見る。

「〝だが、貴様は赦《ゆる》さぬ。死ね〟」

「……ッ⁉」

ジェラルドは、咄嗟《とっさ》に展開した【盾】の魔法による魔力障壁で凍気を防いでいた。

だが、覚醒したトランの前に、さすがに余裕はなく、額に冷や汗を浮かべている。

「〝剣士殿に成り代わり、我がマスターとなるだと？

よくも我が誇りに触れたな？　最早《もはや》、貴様にただの死など生温《なまぬる》い。

生きたまま八つ裂きにして、冥府の汚泥《おでい》へブチまけてやる……ッ！〟」

途端、激しく憤怒するトランの姿が消えた。

否《いな》、超速度でジェラルドへ向かって駆け出したのだ。

リクスを余裕で上回る、圧倒的な竜の身体能力。

瞬時に音の壁を突き破り、発生する衝撃波で周囲をズタズタに引き裂きながら、トラン

がジェラルドへと真っ直《ます》ぐ突進する。
常人には反応不可能な、その速度。
だが——ジェラルドとて常人ではない。魔術師である。
魔術師とは、自身のスフィア領域内における全能者。
ゆえに——トランの動きを知覚し、対応は可能。
「——〝三度、我は拒絶する〟——ッ！」
瞬時に、壮絶な魔力を練り上げ、ジェラルドがさらに【盾】の魔法を展開する。
三重に展開された魔力障壁。
同じ魔法を、三回重ねがけする——それは、超一流の魔術師の絶技だ。
だが——

「〝グルゥオオオオオ……ッ！〟」

メキメキ、と。
トランの右手を金色の鱗《うろこ》が覆っていき、鋭い五本の爪が伸びていって——
次の瞬間、ジェラルドの三重の【盾】を、真っ向から何の小細工もなく切り裂き、木《こ》っ端微塵《ぱみじん》に破壊した。

竜言語魔法《ドラゴンズ・シャウト》【斬り裂く竜爪《クロウ・エクステンド》】――真銀《ミスリル》や日緋色金《オリハルコン》すらバターのように斬り裂く、竜の爪撃の顕現である。

「う、ぐぅううううう――ッ!?」

三重の【盾】を破壊され、ジェラルドの身体が衝撃で十数メートルほど押し下げられる。靴底が地面を削っていく。

「〝その程度の分際で、我の手綱に触れるか？　笑止〟」

トランが息詰まるような殺気を張らせながら、ジェラルドへ向かって、ゆっくりと歩み寄っていく……

「待て！　トラン！」

致命的な予感に、リクスが叫んだ。

「これ以上はやめろ！　殺すな！」

「〝聞けぬ、こればかりは。いくら剣士殿の頼みであってもな。

先の魔王の無礼とはわけが違う。

あの下郎は……あろうことか、剣士殿に成り代わろうとしたのだ〟」

顔だけ軽く振り返ってリクスを流し見るトランの瞳は、爛々《らんらん》と禍々《まがまが》しく輝き、目を合わせただけで心臓が絞り上がりそうなほど恐ろしかった。

「〝矮小《わいしょう》なる人の子らよ、思い知らせてやる。

忘れたならば、再び魂に刻んでやる。

我は竜。食物連鎖の頂点に君臨する、人間の圧倒的上位者。

その逆鱗《げきりん》に触れればいかなる災禍を招くか、貴様ら脆弱《ぜいじゃく》なる者共に教えてやろう！〟」

まずい。

なんだかよくわからないが、滅茶苦茶《めちゃくちゃ》、怒っていらっしゃる。

放っておけば、トランは間違いなくジェラルドをバラバラに引き裂いて殺すだろう。

（これは、もうどうしようもないぞ……ッ⁉）

リクスは、トランをなんとしてでも止めるため、剣を抜いた。

学院内で、トランに人殺しさせるわけにはいかない。

どうしようもないアホのクズでも、ジェラルドは学院に在籍する生徒だ。

殺してしまったら、間違いなく学院側の上層部が出てくる。

刺客はダルウィン先生か……あるいは、アルカ先生か。

どの道、トランにとって最悪の結末にしかならないことは、バカのリクスでも目に見えている——

（俺、トランに勝てるか……ッ⁉　傭兵《ようへい》団時代でも、鍛錬の手合わせで一度も勝ったことないんだぞ……ッ⁉）

リクスが剣先に〝光〟を見れば、勝てるかもしれない。

だが、それは最早、鍛錬ではなくただの殺し合いだ。

やったことはないし、試す気など微塵《みじん》もない。

（だが、やるしかない……ッ！　〝光の剣閃《けんせん》〟なしで、しかも、なんか壮絶にパワーアップしてるトランを止めるしかない……ッ！）

そう決意し、リクスが叫ぶ。

「おいっ！　先輩、逃げてくれ！　こいつは俺が引き受ける！」

業腹《ごうはら》ものだが、今はジェラルドを守ってやるしかない。

リクスがそう覚悟を決めて、トランの真正面に立ち、低く身構えていた……その時だった。

「……んん？　……え？　あれ……？」

当のジェラルドは、何か理解できないことに遭遇したように、しばらくの間、腕組みをして首を捻《ひね》っていて。

やがて、ようやく合点《がてん》がいった……とばかりに、ポンと手を打ち鳴らした。

「そういうことか。君、私がそのトランとかいう小娘より弱いと思ってるわけだ。甚だしき侮辱だ。腸《はらわた》が煮えくり返る」

そんな意味不明なジェラルドの呟《つぶや》きが聞こえた……次の瞬間だった。

ばちり。

まるで紫電が弾《はじ》けるような魔力の炸裂《さくれつ》音が辺りに響き渡った……かと思うと。

「〝グ、ァアアアアアアアアアアアアアアアアアアアア――ッ!?〟」

トランが、突然、胸を押さえて猛烈に苦しみ始めた。

「……なっ!?　トラン!?」

リクスがトランへと駆け寄る。

見れば――トランの胸元に、光の文字が浮かんでいる。

つい先ほどまで消えかかっていた光の文字が――『偽の名』が。

「こ、これは……ッ!?」

「ふっ……これがなかったら、少々危なかったかもしれないがね……」

リクスがジェラルドを振り返ると、ジェラルドは左手で短杖《たんじょう》を構えており、掲げた右手の上には、禍々しい黒き魔力が漲る〝ナニカ〟が浮いている。

その〝ナニカ〟は、吐き気のするような邪悪な瘴気《しょうき》を無節操にまき散らしていた。

見ているだけで気分が悪くなる〝ナニカ〟の正体は──なんらかの生物の骨だ。

リクスには、その骨が放つ魔力と瘴気の気配に覚えがあった。

それは、ゴードンやアンナ先生が放っていたものと、酷似していて──

「お前……それは……ッ⁉」

「おやおや、その顔……どうやらご存じだったようだな？

そう……これは、〝第二等魔王遺物〟。

かの《宵闇の魔王》シェノーラの遺体の一部だ」

「……ッ⁉」

「この魔王遺物から得られる力を使えば……相手が古竜種といえど、はぐれ相手に召喚獣契約を結び直すことは、不可能ではないというわけだ」

得意げに蕩々《とうとう》と語るジェラルドの前で。

「〝ガァアアアアアアアアアアアアア──ッ！　おのれ……ッ！　おのれ矮小なる

人間風情《ふぜい》がぁああああああああああああああああ――ッ⁉〟」

トランが頭を抱えながら、悶《もだ》え苦しんでいる。

ジェラルドが仕掛けた『偽の名』の侵食に、必死に抵抗しているようであった。

「……ちっ、粘るな……さすがは古竜種か。まぁいい……再契約は最早、時間の問題なのだからな。じっくり調教して躾《しつ》けてやる」

面倒臭そうに、悶え苦しむトランを一瞥《いちべつ》するジェラルド。

その時――リクスが動いた。

「やめろ……ッ！」

大事な妹分。ずっと一緒に戦場で背中を預け合って戦ってきた仲間。

そんなトランを苦しめるジェラルドを前に。

〝最早、後先など知らぬ、ここで叩っ切ってやる〟――瞬時にそう覚悟を決め、リクスが突進する。

「やめろぉおおおおおおおおおおおおおおお――ッ！」

風切る鋭い斬撃が、まさにジェラルドの首をすっ飛ばそうとしていた――その瞬間。

リクスの動きが止まる。

気付けば、リクスの全身に、再びあの拘束の光輪が無数に嵌《は》まっている。

「〜〜〜〜ッ⁉」

「やれやれ……魔術師でもなんでもない君のような下賤《げせん》な平民の凡夫が……この選ばれし者である私に勝てると、本気で思っているのか？」

ジェラルドが悠然と、まったく動けず石像のように硬直しているリクスへ、短杖を突きつける。

その杖先に、ことさら見せつけるようにゆっくりと魔力が溜《た》まっていって——

だが、リクスはどうすることもできず、それを眺めているしかなく——

「礼を言おう、リクス君。

安心したまえ。君の大切な竜は……今日からこの私が可愛《かわい》がってやる」

次の瞬間。

【爆炎】——壮絶な爆炎と爆風が、リクスの眼前で巻き起こった。

リクスは為《な》す術《すべ》もなく焼かれながら吹き飛んで、転がっていくしかない——……

（く、そ……トラン……ッ！）

無様に地を舐《な》め、薄れゆく意識の中、リクスは確かに聞いた。

「アニキ……アニキ……助けて……トランを助けてよぉ……」

それを最後に。

ジェラルドやトランの気配が遠ざかっていって。

そのまま、リクスの意識は――……

――。

――。

――。

第八章　とある竜と剣士の物語

夢を――見る。
ちょっと奇妙な二人組の夢を。
否《いな》――正確に言うと、一人と一匹だが。
俺はそんな一人と一匹の物語を、神の視座からぼんやりと眺めている。

～～～。

とあるところに、青年がいた。
その青年は、剣士だ。
それもただの剣士じゃない。超凄腕《すごうで》の剣士だ。剣聖だ。
なんかもう、歩き方からしてヤバい。
一見、いつもぼんやりとしているが、その呑気《のんき》な佇《たたず》まいからして隙がない。
全身をすっぽり覆う愛用のフードマントはいつもボロボロで、常にフードを目深に被《かぶ》っており、一見、不審で冴《さ》えない青年にしか見えないのに。

一度、剣を抜けば、エラいことになる。

なにせ、魔法が絶対的な力として幅を利《き》かせているこの時代、この世界で、その青年は魔法を欠片《かけら》も使わず、ただの剣一振りで物言わせている変態だ。

一体、どれほどの鍛錬を積めば、どれほどの修羅場をくぐり抜ければ、そんな神のような境地と領域に到達できるのだろうか？

一度剣を抜けば、千の魔物を斬り伏せ、万の軍団の退ける。

その剣先に見えるは、黎明《れいめい》のごとく眩《まばゆ》き銀色の〝光の剣閃〟。

今の俺では、その青年に剣の勝負を挑めば、百回仕掛けて三百回殺される……そんなイメージしかない。

そんな青年が、弱きは喰《く》われ強きがのさばるこの混沌《こんとん》と戦乱の時代を旅している。

様々な戦場に参加し、様々な魔物と戦い、様々な魔術師と決闘し、剣の腕をより一掃磨き上げながら、黙々と旅をしている。敗北はただの一度たりともない。

お前、それ以上強くなって、どうすんだ？　……と、俺は思うが。

青年には目的があるのだから、仕方ない。

青年の最終目的は――この世界最強最悪の〝魔王〟を倒すことなのだから。

～～～。

「……〝トラン〟ってのはどうかな？」

『〝何がだ？〟』

「君の名前だよ。いつまでも〝竜《ドラゴン》〟って呼ぶのもなんか味気ないし」

『〝ふっ……安直に、もじっただけではないか。

まぁ、剣士殿の頭から捻《ひね》り出されるものとしては、それが限界だろうがな〟』

「う……そうか……さすがに単純過ぎたか……じゃ、今のなし。また考える……」

『〝いやいや、トランで良い。

我も女だからな、その可愛らしい響きは気に入った。

ありがたく受け取ろう〟』

剣士の青年には、旅の供がいた。

今、食事の準備で必死に火を起こそうとしている青年を、傍《そば》でじっと見下ろす山のように大きな竜が、そうだ。

とても立派な竜だった。金色に輝く鱗《うろこ》はどこまでも美しく、大粒の宝石のようなエメラルドグリーンの瞳もまた鋭く攻撃的で美しい。

その身に秘めたる圧倒的暴威と存在感、重厚な様……威厳すら感じる。

「うーん、湿気《しけ》てるのか？　なかなか火が点《つ》かないな……」

『〃手伝おう〃』

竜が小さく、ふっと息を吹く。

ボキュウ！　途端、もの凄《すご》い地獄の業火《ごうか》が、組んだ薪もろとも、その上にかけていた猪《いのしし》肉の塊を、一瞬で骨まで灰にした。

「……トラン？」

『〃すまぬ。いや、本当にすまぬ……〃』

今晩の飯抜きが確定した青年は、恨みがましい目で傍《かたわ》らの竜を見上げると、竜は気まずそうに頭《こうべ》を垂れた。

『〃そ、その……詫《わ》びに、我の肉でも少し食うか……？〃』

「マジもんの限界が来たらね」

青年はため息吐《つ》いて、その場に寝転んだ。

「しかし、話は変わるけど……君との付き合いも大分長くなったなぁ」

『〃そうだな……まったく、最初は何事かと思ったぞ？　剣士殿が、いきなり我が巣穴にズカズカやって来ては、手合わせ願おう！　と言ってきたあの時は〟』

竜が昔を懐《なつ》かしむように、星空を見上げる。

『〝最初は、また身の程を知らぬ愚物が来たと思った。

我の首をあげて名を得るため、あるいは竜たる我を魔法の素材として捌《さば》き、巨万の富を得るため、あるいは我を召喚獣として従えるため……

様々な人間共が我の元にやって来た。まぁ……全員ブチ殺したが〟』

「怖いなぁ」

『〝だが、ただ剣の鍛錬をするためだけにやってきた変態は……貴公だけだ〟』

竜がふっと笑ったような気配があった——人と顔の構造が違うので、そんな気配がしただけではあるが。

『〝他の十把《じっぱ》一絡《ひとから》げの矮小《わいしょう》な人間共と異なり、貴公は小細工抜き、本当に剣一本で我に真っ向から勝負を挑み……三日三晩の死闘の末、正々堂々と我を降《くだ》した〟』

「ははは、俺も結構ギリギリのボコボコだったけどね……

なんか、川の向こうで故郷の家族達が手を振っている光景が何度も見えたよ」

『〝フッ……驚いたぞ？　まさか、我の切り札たるあの咆哮を、あのような方法で無効化する者がいるとはな……〟』

「や、やめてくれ……あれは中々に〝耳が痛い話〟なんだ……」

『〝そして……無念、我が命運ここまでか……我が無様に地を舐め、観念した時。貴公はこう言ったのだ……良い勝負だった！　いつかまたやろう！

……正直、我が耳と貴公の正気を疑ったぞ？〟』

「いや、だって、最初に言ったじゃん……これ、剣の修行だって」

『〝信じられるわけがなかろう？　竜殺《ドラゴン・スレイヤー》しの英雄……貴公ら人間の間では、竜を殺すことに特別な意味と価値があるのだろう？

それに業腹《ごうはら》だが、事実、我ら竜の肉体は、人間どもへ巨万の富をもたらす。

そんな状況下で、我の命を取らず、しかもわざわざ我の手当までし、素材剝ぎ取りの一つもせず、本当に何もせずに帰っていくとは、誰が思うか〟』

「はははは……」

曖昧に笑いながら、寝転ぶ青年が夜空の星を遠く眺めていると――

『〝それほど、無茶苦茶な鍛錬をせねばならぬほど――強いのか？　魔王は〟』

竜がそんなことを青年に聞いてくる。

すると、青年は目をやや細めて、言った。

「ああ、強い。あいつはもう……人間じゃない。化け物だ」

『〝………〟』

「魔王……実はあいつ、俺の幼馴染《おさななじ》みでね……昔は魔法で人を笑顔にするのが大好きな、純粋で可愛《かわい》らしい女の子だったよ。俺もそんなあいつが好きだった。

俺と違って、何かを生み出せるあいつが……大好きだった。

だけど……変わってしまった。戦乱と混沌の世があいつを変えてしまった。

今のあいつは、ただの破壊と殺戮《さつりく》の愉悦に酔っ払っている魔王……世界の敵だ。

いや、でも……本当は、あいつ……最初からずっと……」

何かを言いかけて口ごもり、青年が決意を込めて宣言する。

「誰かが、あいつを止めなければならない。殺さなければならない。

それは——俺の役目なんだ」

『〝……愛する友を殺す、か。

友を殺すために、死ぬ思いをして強くなる、か。

……人の心の機微は我にはよくわからぬが……辛《つら》いことだろう、それは〟』

竜がどこか哀れむように言った。

『〝言葉を交わすことで、なんとかならぬのか？

対話と交渉は、貴殿ら人間どもの得意分野だろう？〟』

「無理だよ……あいつ、壊れちゃったんだ。もう何もわからなくなってるんだ。俺のことだって覚えていなかった。全てを破壊し、殺戮し、命を飲み干し喰らって強くなる……それ以外にないんだ。

もう、あいつは救えないんだよ。あいつを救う唯一の方法は──」

青年が剣を抜いて両手で持ち、その剣先を遥《はる》か天空の星空へと向ける。

まるでいと高き星々を、剣で突いて落とそうとでもするかのように。

「俺は、しょせん、剣で戦うしか能がない男さ。

そして、戦いの中でしか生きてる実感が持てない、壊れた人間さ。

でも、こんな俺でも救えるものがあるのなら、俺は──……」

『〝…………〟』

すると、どこか悲壮な顔で、剣先に灯《とも》る星々の輝きを見つめる青年を、竜はしばらく見下ろして。

やがてこう言った。

『〝……友よ。我も同じだ〟』

「……トラン？」

『〝我も、随分と長き時を闘争に費やしてきた。

それは貴公らのような人間相手であったり、あるいは同族相手であったり。

いずれにせよ、我も随分と長き時を戦ってきた。この世界で覇権を争ってきた。

竜の闘争本能のまま、弱者をねじ伏せ喰らう優越感と勝利の快楽を求めるまま〟』

「…………」

『〝我こそ最強、ひれ伏せ有象無象。

我は竜《ドラゴン》。この世界の頂天に立つ比類なき者なり。

……血に酔いしれている時は、そんな在り方に、何も疑問を抱かぬ。

むしろ、誇りにすら思っていた。

だが──いつしか、気付くのだ。

全てを平らげ、黄昏《たそがれ》に灼《や》けた荒野に、孤独に佇《たたず》むその時に。

嗚呼《ああ》、その生き方には……その長き行程の果てには……何もないのだと〟』

「…………」

『〝それに気付いた時、我が誇りにしていた、これまでの戦いの軌跡……それを彩《いろど》る鮮やかな色彩が、急に色褪《いろあ》せていった。

これまでの戦いに、殺戮に、一体、何の意味があったのだ？

以来、自問自答は尽きぬ。

我は戦う意義を失った。否、最初から、どこにもそんなものはなかったのだ。

だが、今さら生き方は変えられぬ。

ゆえに無意味と知って、なお、我は戦い続けた——ひたすらに虚《むな》しかった〟』

竜には竜なりの葛藤と悩みがあったらしい。

なんて返したらいいかわからず、青年が押し黙っていると。

竜は、ふっと口元を歪《ゆが》め笑った……ような気がした。

『〝だが、生まれて初めて意義がある……と、思える戦いができるやも知れぬ。

友よ。貴公の戦いに、我が力添えしよう。互いの命尽きるまで、共に戦おう。

貴公は、自身のことを何も生み出せない者だと言うが、我はそうは思わない。

そう信じる我の存在が貴公の戦いに意義を与え、その貴公という存在が貴公のために戦う我の戦いに意義を与えるのだ。

貴公と我……共に戦えば、互いの存在にこれ以上とない価値が生まれよう〟』

「ははは、トランの言っていることは、いつも難しくてよくわからないけど……二人一緒に戦えば、俺達はこの世界に要らないやつじゃなくなるってことかな？」

『〝嚙《か》み砕いて言えば、そうなる〟』

「ははは。まぁ、一緒に戦うというのは大賛成だ。

君と一緒に戦えば、あるいは魔王に刃《やいば》が届きうるかもしれない。

何より、一人じゃない……友達がいるってのはとてもいいことだ」

そう言って、青年が立ち上がる。

そして、まるで握手を求めるかのように、竜へ手を差し出した。

それに応じるように、竜は前足の指先の爪を差し出し、青年はその爪を握った。

「これからもよろしくな、トラン」

〜〜〜〜。

〜〜。

「リクス！　しっかりなさい！　リクス！」

「……ッ⁉」

不意に名前を呼ばれ、夢の中を揺蕩《たゆた》うリクスの意識が、一気に現実へと引き戻される。

目を見開くと、まず目に入ったのは、鬼気迫るシノの上下逆さまの顔。

シノが、仰向けのリクスの頭を両手で掴《つか》み、リクスの顔を覗《のぞ》き込んでいたのだ。

「リクス君……ッ！　よ、良かった……」

「ふぅ……まぁ、汝《なれ》ほどの男が死ぬわけないと思っていたが……焦《あせ》らせるでない」

次に目に入ったのは、涙目でリクスの手を握りしめるアニーに、安堵《あんど》の息を吐いてリクスを見下ろしているセレフィナ。

「【念話】でシノに呼ばれて駆け付けてみれば、瀕死《ひんし》のお前が倒れていて……一体、何があった？」

そして、腕組みしているランディがいつになく深刻な声色で聞いてくる。

「それが……っ！　うっ……」

リクスが無理矢理身体《からだ》を起こそうとするが、身体が鉛のように重かった。

「無理はしないで。貴方《あなた》の傷は、私とアニーの【癒《いや》し】の呪文で癒やしたけど、失った血や体力そのものは回復しない。

そのままでいいから。……で？　何があったわけ？　薄々予想は付くけど」

「じ、実は……」

シノに促され、リクスは朦朧《もうろう》とする頭を振りながら、一から説明を始めるのであった。

──────。

「治安維持執行部……ッ!?　クソッ！　勝手なことを……ッ！」

リクスから話を聞いた瞬間、ランディが苛立《いらだ》たしげに地団駄を踏んだ。

「リクス。代表の男が持っていたという、その骨片の話は……本当？」

シノがどこか冷めた顔でリクスに再度確認する。

「ああ……間違いない。ジェラルドのあの魔力……アンナ先生とまったく同じだった。魔王遺物っていうんだっけ？　あいつ……持ってたよ」

「……そうね」

リクスの断言に、シノが頷《うなず》く。

「『偽《ぎ》の名』を使用した古竜種の略奪契約……確かに、魔王遺物の力でもなければ、そんなの、あのトランに対して為《な》し得るはずがない……確定ね」

「最悪じゃな。つまり、その件《くだん》の治安維持執行部の裏側にはいるぞ……《祈祷派《きとう》》が」

《祈祷派》──それは、このエストリア魔法学院の最暗部だ。

かつて《宵闇の魔王》シェノーラが編み出したという禁断の魔法『祈祷魔法』。

それを研究・研鑽《けんさん》することを目的とする禁忌の学閥集団。

そのためならば、いかなる犠牲をも許容する危険な連中である。

徹底した秘密主義会員制を貫いており、《祈祷派》は学院のどこに潜んでいるのか？　メンバーは誰なのか？　規模はどのくらいなのか？　まるでわからない。

この学院の上層部――世界トップクラスの魔法の実力を持つ導師達ですら、《祈祷派》の追跡と根絶にほとほと手を焼いている有様《ありさま》である。

「…………」

「……シノ」

何か考え込むように押し黙るシノへ、リクスはどう声をかけたらいいかわからない。

なにせ、シノの前世こそが《宵闇の魔王》シェノーラ。

『祈祷魔法』とは、シノがこの世界に生み出してしまった罪科の証《あかし》だ。

しかも、《祈祷派》が旗印として掲げ、悪用する魔王遺物は――前世のシノの遺体である。シノのその複雑な心境は、推して知るべきだろう。

「とにかく、《祈祷派》が出てきた以上、これは最早《もはや》、生徒同士の問題ではないわ」

思考を無理矢理切り替えるように、シノが言った。

「もう私達の手に負える問題じゃない。明日の朝一番で、学院側へ報告する。私達にできることは、それしか――……」

「ダメだ、シノ。それじゃダメなんだ」

リクスが拒絶するようにシノの手を掴んだ。

「事態は一刻を争うんだ。トランは耐えていた。『偽の名』の再契約に抗《あらが》っていた。

でも、あのままじゃ、契約はほどなくして完了してしまう。

シノ……君にはわかるんだろう？

正直に教えてくれ……トランは明日の朝まで保《も》つのか？」

「…………」

シノは、自身のスフィアを展開し、霊的な視覚でリクスをじっと見つめる。

確かに、トランからリクスへの一方通行な契約は、まだ有効だ。

だが、刻一刻と弱くなっていってもいる。明日の朝まで到底保つわけもない。

「……今夜、日が変わる頃が峠でしょうね。

でも、私達にできることは、明日の朝を待つことだけよ。

この学院の上級生や導師達は、夜になると、それぞれに与えられた秘密の研究室に引きこもる。こちらから連絡を取り付けるのはほぼ不可能よ」

「……ッ！」

「そして、一旦、契約が成されてしまったが最後——もう二度と、トランは貴方の下には帰ってこないわ。

なにせ、魔王遺物すら持っている魔術師が、古竜種を正式に召喚獣にしたんだもの。

それは、もうたった一人でこの世界に多大なる影響を発揮し、想像を絶する富と名誉をもたらす強大な力……たとえ、退学処分になろうが手放すわけがないわ。

そもそも、生徒会執行部はおろか、この学院の導師達だって、そんなやつを止められるかどうか」

それ見たことかと言わんばかりに、リクスがフラフラと立ち上がった。

そして、そのままどこかへ歩き始めようとする。

「待って。貴方、どこへ行くの？」

「決まってるだろ……治安維持執行部の所だ……ッ！　トランを助ける……ッ！」

「だから、どこへ？　治安維持執行部の拠点を知ってるの？」

「…………ッ！」

そういえばそうだと、リクスが硬直する。

そんなリクスへ、シノがため息混じりに言った。

「リクス。魔法生物飼育部のことは覚えている？　彼らは自分達の魔物を、学院の裏側に存在する異界――『秘密の部屋』で飼育していると言ってたわね。

どうもこの学院ね、そういう類いの『秘密の部屋』がゴマンと在るらしいの。

それこそ、学院上層部が全て把握しきれていないほどにね」

「……ッ⁉」

「上級生や導師達に与えられる秘密の研究室とやらも、きっとこの『秘密の部屋』よ。

なんで、エストリア魔法学院の校舎が、こんなカオスなことになってるのか知らないけど。あんな無法連中が、学院上層部や生徒会執行部の追及を逃れて、ぬくぬく活動できているということは、まず間違いなく、学院側が把握してない未発見の『秘密の部屋』を拠点に持っているはず。

今から学院敷地《しきち》内を歩き回って、一から探すのは不可能よ」

「だからと言って……諦めるわけにはいかないんだ、俺は……ッ！」

リクスが足を引きずりながら、歩き始める。

「トランは……あいつは、俺の妹分なんだ……ッ！

一度、あいつをほっぽり出して、こんなところまでやって来た俺に、そんなことを言う資格なんてないけど……ッ！　いっくらなんでも、あんな風に……あんな奴《やつ》に、尊厳や将来を奪われていいわけがないだろ……ッ⁉

あいつにだって、きっとあるはずなんだ……ッ！　戦う以外の生き方が……見つけられるはずなんだ……時間はかかるかもしれないけど……ッ！」

「…………」

「ああ、もう……ゴチャゴチャ理屈が面倒だ……要はアレだ……妹が欲しいだって……？　そんなのお兄ちゃん、絶対、認めませんッッッ！」

リクスのそんな叫びに。

シノが深いため息を吐《つ》いた。

「ま……貴方らしいわね、リクス。そして、段々魔術師らしくなってきた」

「……シノ？」

「〝汝《なんじ》、望まば、他者の望みを炉にくべよ〟……魔術師の根源的な大原則よ。自分の望みを通すために、他者の望みを踏みにじる。

自分の願いを叶《かな》えるために、世界の理《ことわり》を、ルールをねじ曲げる。

真理の探究、人類発展への貢献、自己の精神鍛錬……いくらご大層な綺麗事《きれいごと》を並べ立てても、魔術師の本質は、結局、それよ。

でも、だからこそ……魔法は魔法たり得るの」

そう言って、シノは短杖《たんじょう》を抜き、リクスを真《ま》っ直《す》ぐ見つめて言った。

「……だったら、精々魔術師らしく行こうじゃない。私も行くわ」

「こんなこともあろうかと、トランに魔力発信刻印を付呪しておいたわ。私なら、彼女の居場所がわかる」

「シノ……ッ！」

「お、おおおおお……ッ！　俺の友達が有能すぎる……ッ！　凄《すご》い！」

「……貴方が迂闊《うかつ》すぎなのよ。言っておくけど勘違いしないで。私、別に貴方の不肖の妹分なんかどうでもいいの。ただ、自分の前世の骨が玩具《おもちゃ》にされているのがムカつくから、ブチのめしてやるだけ」

掛け値なしに賞賛してくるリクスに、シノが不機嫌そうながらも、どこか照れたようにそっぽを向いた。

「ふふん！　当然、余も行くぞ！」

すると、セレフィナも胸を張って、威風堂々そう宣言する。

「何、リクスとトランは、余の将来の大事な家来じゃ！　余のものを横取りするような不埒《ふらち》者は、余、自ら成敗してやらねばのう！」

「セ、セレフィナ……ありがとうな……君が友人で良かったよ。でも、君の所に就職するのだけはやだ」

「もうちょっと忖度《そんたく》してくれぬかの⁉」

がーん、と涙目になるセレフィナであった。

「……俺も行くぜ、リクス」

「……私も」

すると、ランディやアニーまで決心したように言った。

「確かに、俺は……お前やシノ、姫さんと比べたら、クソ雑魚《ざこ》ナメクジだけどな……こんなの黙って、指くわえて見ていられるか！」

「私だって、トランちゃんが心配で……助けたい！」

「足手纏《あしでまと》いなのはわかってる！　だけど──」

と、ランディとアニーが、拒絶される覚悟でそう申し出るが。

「そっか。ありがとうな、ランディ、アニー。頼りにしてるよ」

意外にも、リクスはあっさりとそう承諾するのであった。

「えっ？」

「い、いいのか……？」

まさか、本当に連れていってもらえるとは思っていなかったらしく、ランディ達は戸惑いを隠せない。

「……ん？　切った張ったの戦場に出るか出ないかは、自分の意志が全てでしょ？

なんで俺の許可がいるの？」

「！」

「それに俺、傭兵《ようへい》として色んな奴を見てきて、すぐ死ぬ奴と、しぶとく生き残る奴、なんとなく勘でわかるんだけど……君達は多分、大丈夫なほうだな。

新人が一番死にやすい初陣《ういじん》も、もう越えてるしね」

「は、ははは……なんだそりゃ……？」

リクスの意味不明な判断基準には、ランディも苦笑いせざるを得なかった。

「とはいえ、汝《なれ》らの参戦は余らにとっても悪い話ではない。

魔法の技術はまだまだ素人《しろうと》じゃが、ランディにはセンスを感じるし、後ろで回復や補助に専念にしてくれる者が一人いれば、実に助かるぞ、アニー」

「うんうん、よくわかんないけど、多分そう。それに勘だけど……実際の戦場ではランディやアニーより、セレフィナの方が死にやすいと思うし」

「うっえええええええええええ⁉　マジ⁉」

「き、聞き捨てならぬぞ⁉　なぜ、この天才である余が――ッ⁉」

がーん、と涙目になるセレフィナであった。

「うーん？　単純な戦闘の実力じゃないんだよな、生存率って……なんていうか……」

リクスの胸倉を摑《つか》み、ガクガク揺すりながら吠《ほ》え立てるセレフィナ。

そんな一同を見て、シノが呆《あき》れたように嘆息した。

「話が進まないわね。

とはいえ、私も概《おおむ》ね、リクスとセレフィナの意見には同意するわ。

何があっても自己責任。その覚悟があるのなら、同行してくれるのは、こちらとしても吝《やぶさ》かではないのけど……どう？　二人とも」

シノのそんな冷淡な問いに、ランディとアニーが神妙な顔で頷《うなず》いた。

「よし！　そんじゃまぁ、いっちょクソな先輩達を、皆でブチのめしに行くか！」

リクスのそんな音頭《おんど》で、リクス達は学院校舎の方へ向かって歩き始めるのであった。


――――。


校舎へ向かう最中、リクスの隣を歩くシノが、リクスへぼそりと呟《つぶや》いた。

「ところで……格好付けてたところ悪いんだけど、リクス。

私達の中で、貴方《あなた》が一番、足手纏いだという自覚……ある？」

「ぐ……」

シノの言うことは事実だった。

リクスは魔法を使えない。

すなわち魔法を使用するのに必要不可欠なスフィアがないということである。

正確に言えば、リクスにもスフィアはあるのだが、それは特殊も特殊過ぎて、魔術師同士の魔法戦では、ないものと考えて問題ない。

〝剣士は魔術師には絶対勝てない〟――この世界の通説。

非魔術師にとって、魔術師のスフィア領域内は死地なのだ。

「それ、言うなよな、シノ……」

「事実確認は必要だから」

気まずそうなリクスへ、シノがつんと言い捨てる。

「でも、貴方をこの私達の最強の切り札にする方法がある。

というか、それがなければ、私もこんな無謀な殴り込みなんかしない」

「……え？」

すると、目を瞬《しばたた》かせるリクスの前で、シノが何事かをぶつぶつと唱えながら、自分の髪を弄《いじ》り始めた。

シノの、一カ所だけぴょこんと長く伸びている一房の髪……それを指で上から下に何度も撫《な》で、やがてそれを摘まみ、息を吹き込むように口づけする。

しばらくして、シノはその一房から、一本だけ髪の毛を引き抜いて。

「手、出しなさい。左のほう」

「……？」

不思議がるリクスの左手を取り、その薬指に、くるくると髪を巻き付けて、結び留めるのであった。

「……シノ。これは？」

「いい？　リクス、よく聞きなさい。これは――貴方の命綱よ」

第九章　殴り込み

――エストリア魔法学院校舎第三階層、北東部。

日はすっかり落ち、全ての照明が落とされた真っ暗な夜の校舎内――様々な絵画や芸術作品が並ぶ、ロング・ギャラリーにて。

リクス達は、壁にかかったとある大きな鏡の前に立っていた。

「ここね。ここが恐らく連中の拠点の入り口よ」

シノが、先端に【照明】の魔法の明かりを灯《とも》した短杖の先を、鏡へ向けながら言った。

「え？　この鏡が？」

「ええ、この鏡の裏側に異界――『秘密の部屋』がある」

早速、リクスは鏡に突撃してみた。

普通に跳ね返された。痛かった。

「……入れないんですけど？」

「そのままじゃ無理に決まってるでしょう？　【閉門】と【隠蔽】の魔法がかかってるのだから」

シノが呆れたように言った。

「どうやら合い言葉を言うことで、簡易的に【閉門】と【隠蔽】が無効化され、部屋に入れるようになっているみたいね」

「合い言葉だって……ッ!?　シノ、わかるのか？」

「わかるわけないじゃない」

「そ、そんな……じゃあ、それっぽいワードを片端から試していくしかないのか!?」

リクスが頭を抱えていると、シノがため息を吐《つ》いた。

「……そんな眠たいこと、するわけないでしょう？」

そして、シノは短杖《たんじょう》を振るい、鏡に文字を素早く書き連ねていく。

「──〝解放せよ、白日に真実を晒《さら》すべし〟」

シノが、魔法を打ち消す【解呪】の呪文を唱えた瞬間。

まるで大量のガラスが割れ砕けるような音が辺りに響き渡り──目の前の虚構がガラスの破片のように砕け散って崩れていき、真実が眼前に現れる。

そこにはもう鏡の存在はなく、重厚な扉がただ一つあるのみであった。

「ど、どうなってるんだろう……？　確かに鏡は鏡として現実にあったのに……」

「フン、わかりやす。

この程度の【閉門】と【隠蔽】で一体、何を隠しているつもりなのやら」

目をぱちくりさせるアニーを余所《よそ》に、シノが蔑むように言い捨て、短杖を収めた。

「いや……ここの【閉門】と【隠蔽】、ヤバいレベルじゃぞ？　少なくとも、この鏡が入り口であると確信がない限り、学院の導師達でもまったく気付けぬくらいにの」

「それをあっさり解呪しちまうとは……さすが元・《宵闇の魔王》……」

シノのあまりもの魔法の技量に、セレフィナとランディがちょっと引いていた。

「無駄話はそこまでよ。この扉の先は異界——私達、物質界の法則から外れた星幽界《せいゆうかい》。

何が起こっても不思議じゃないし、治安維持執行部の連中も相当数いるはずだわ。

……慎重に行くわよ」

「オッケー、わかったよ、シノ！

やってやらぁあああああああああああ——ッ！」

ドガァアアアアアアアアアアン！

リクスが後ろ回し蹴りで扉を蹴り破った。

「行くぜ、皆！　うおおおおおおおおおおぉぉぉぉ──っ！」

「慎重にって言ってるでしょうがぁあああああああああ!?」

猛然と新たに現れた通路に突撃するリクスの背中へ、シノが顔を真っ赤にして叫ぶのであった……


────。


「くそ。やはり手こずらせてくれるな……」

ジェラルドは忌々《いまいま》しげに、舌打ちしていた。

ここは、治安維持執行部が伝統的に活動拠点としている『秘密の部屋』。

治安維持執行部の『秘密の部屋』は、複数の部屋と、それらを結ぶ無数の通路からなっており、ちょっとしたダンジョンのようになっている。

今、ジェラルドがいるこの場所はその最奥《さいおう》。

かなり広い間取りを持つ、魔法儀式場のような場所だった。

部屋の中央の床には、巨大な魔法陣が敷設《ふせつ》されており、その上に、両手を鎖で繋《つな》がれたトランが天井から吊《つる》されていた。

ぐったりとうなだれ、微動だにしないトラン。

その胸部には『偽《にせ》の名』が刻まれており、端から刻一刻と輝きを増していた。

「まさか、魔王遺物の力を使って、これほどまで再契約に苦戦するとは。

だが、時間の問題だ。じきに、この古竜種は私のものとなる……一時的にあいつと手を組んだのは正解だったな」

ほくそ笑むジェラルド。

「しかし……まさか、ね。

まさか、あいつが《祈祷派《きとう》》だったとはね……人は見かけによらないというか。

いずれにせよ、古竜種が我が正式な召喚獣となれば、それは絶大な力となる……そうしたらこっちのものだ。

下賤《げせん》な《祈祷派》と無能な生徒会執行部をぶっ潰し、我々がこの学院を牛耳《ぎゅうじ》るのだ……学院上層部にすら文句など言わせない……ははははははははは――ッ！」

――と、その時だった。

その魔法儀式場内に、魔法の警鐘が鳴った。

それの意味するものは――……

「……侵入者……だと……？」

その事実に、ジェラルドは首を傾《かし》げる。

「……バカな。嗅ぎ回っているとは知っていたが、この『秘密の部屋』の場所が、あの無能な生徒会執行部に割れたというのか……？

そんなはずはない……ッ！　この学院の『秘密の部屋』は、導師達ですら全て把握できないほど完璧に隠蔽されているはず……ッ！

それが、あの無能な生徒会執行部に割れるはずが……ッ⁉」

そもそも、この時間帯は生徒会執行部の活動時間外だ。

よしんば、この『秘密の部屋』を看破したとして、この時間帯に踏み込んで来るなど決してあり得ない。

「……まさか？」

ふと、心当たりを思いつき、ジェラルドが天井からぶら下がっているトランの身体《からだ》を杖でつつきながら調べていく。

すると──あったのだ。トランの左手の甲に刻まれた、魔力発信刻印。

「……な、なんだこの隠蔽レベルは……ッ⁉」

ジェラルドほどの魔術師が今の今まで気付かなかったはずである。

魔力隠蔽の魔法式のレベルが桁違いだ。果たして学院の導師でもこれほどのレベルの隠蔽魔法を行える魔術師は何人いるだろうか？

「……となれば、この状況から察するに、十中八九、侵入者はこの古竜種の関係者……あの愚図で無能な平民リクスの一年生グループか？」

治安維持執行部は、学院に所属する全ての生徒達の交友関係やグループ情報を、独自の調査網で把握している。

となると、この魔力発信刻印の仕掛け手は、シノ＝ホワイナイトだ。

魔術師としての才能は凡庸なくせに、なぜかその技量と知識だけは、導師達をも凌駕《りょうが》するという異色の生徒である。

「なるほど……古竜種を取り返しに来たのか。フン……脅かしやがって……」

あの生徒会執行部が来たかと思い、少々冷や汗をかいた。

なにせ、あの生徒会執行部……なかなかの手練《てだ》れ揃《ぞろ》いだ。もちろん戦って負ける気はしないが、正面から何の準備もなくやり合うのは得策じゃない。

魔術師とは必勝の確信がある時のみ、戦うものなのだ。

その点、相手があの一年生グループならば、何もまったく問題ない。

この『秘密の部屋』の場所が割れてしまったのは痛いが、こういう時に備えて、移転先の『秘密の部屋』候補はまだまだある。

だが、トランの再契約と『偽の名』の浸透には、まだまだ時間がかかるだろう。

「仕方ないな……相手してやろうか、身の程知らずの一年どもを、ね」

そう言って、ジェラルドが指をパチンと打ち鳴らす。

その音に応じ、トランを吊している鎖が、バキンと音を立てて切れて、トランが床に崩れ落ちるのであった——……


——。


リクス達が突入した先には、エントランスホール兼、談話室のような空間が広がっていた。

そこには、治安維持執行部のメンバーらしい上級生達が十名ほどたむろしていた。

突然やって来たリクス達に、上級生達は呆気《あっけ》に取られて驚いたようではあったが、すぐに統率の取れた動きで、リクス達を取り囲もうとする。

「何者だ、貴様らは⁉」

「一体、どうやってここを見つけた⁉」

が──

それよりも素早く、リクスが動いていた。

「死ねぇえええええええええええええええええ──ッ！」

「「グワァアアアアアアアアアアアア──ッ⁉」」

会敵即戦──倒すべき敵を前に言葉など必要なし。

そんな傭兵《ようへい》の流儀に則《のっと》ったリクスが、速攻で二人の上級生を斬り倒し（一応、剣の腹による、みね打ち）、吹っ飛ばしたのを発端に、壮絶な乱闘は始まった。

普段、荒事とは何かと縁がある治安維持執行部である。

学院の中の荒事を戦い抜いてきた彼らは、それなりに歴戦と言っていい。

だが──……

「だぁああああああああああああああああ──ッ！」

「ま、待てっ！　ちょっと待て！　まだ、こっちは戦う準備が──げぶうぅっ⁉」

「ひ、卑怯《ひきょう》だぞ⁉　まずは名乗りを上げて一礼するのが、我々魔術師の決闘流儀──だがふぅうううっ⁉」

「お、落ち着こう！　な⁉　話せばわかる！　話せっぶぁあああああ⁉」

稲妻に撃たれたかのような不意打ちに加え、こんなに一方的で、問答無用で、容赦のない相手と会敵するのは、歴戦の上級生達も初めての経験だったらしい。

まるで嵐のような一方的な暴力がその場に吹き荒れて。

動揺と困惑で狼狽《うろた》えている間に、上級生達はボロボロと蹴散らされていき——

——やがて。

「ふっ……クリアー」

得意げな、清々《すがすが》しい顔で剣を収めるリクス。

その場に立っている者は——リクスを除いて誰もいなかった。

「えーと、ところで話ってなんすか？　先輩。

話があるなら、俺、ちゃんと聞きますよ？

やっぱり暴力より、話し合うことのほうが大切だと思いますし……」

真摯な顔のリクスが、倒れている先輩生徒の胸ぐらを摑《つか》んで引き上げる。

が、当の先輩生徒は白目を剝《む》いてブクブク泡を吹いており、当然、何の反応も返ってこなかった。

「すげー……スフィア展開前に、全員ぶっ倒しちまった……すげー……」

「魔法の使えないリクスにとっては、合理的な戦法なんでしょうけど……酷《ひど》い絵面ね」

「戦闘者としては実に有能じゃ！　ますます汝《なれ》が欲しくなったぞ！　人としては終わっておるがな！」

「あはは……大丈夫かな……？　先輩の皆さん……」

何もできなかった……というより、する暇がなかったランディ、シノ、セレフィナ、アニーが口々に雑感を零《こぼ》す。

「シノ……君の〝お守り〟、凄《すご》く効いてる！　この幸先《さいさき》良い勝利は君のおかげだ！」

そして、リクスが、シノの髪の毛が巻かれた左手の薬指を見せて、もの凄い良い笑顔でシノへそう言うが。

「全然、関係ないから。そのお守り、そういう力じゃないから。

貴方《あなた》の残虐非道を、私のせいにしないで」

シノがジト目でけんもほろろにそう返すのであった。

「……なんか……もうリクス一人でよくねえか？」

「余もそんな気がしてきた」

「とにかく、先を急ぐわよ。時間がない……どんどんトランからリクスへの契約が弱くなっている」

そう言って、シノが歩き始めるのであった。


――――。


治安維持執行部の『秘密の部屋』は、ちょっとした迷路のようになっている。

資料室、実験室、食料庫、仮眠室に厨房《ちゅうぼう》、厠《かわや》まで……一通りの設備が揃《そろ》っており、その気になればここで何日も暮らせそうなほど施設が充実していた。

「あいつら、こんな良い場所に根城構えてたのかよ……うらやま」

「もう、これだけで悪だね、決定。俺が決めた。

なぁ、ランディ。いっそここを連中から奪って、俺達の秘密基地にしないか？」

「いいなそれ！　ぅおおおお！　夢一杯！　テンション上がってきたぁ！」

「……フン、そんなの無理に決まってるでしょう？　ていうか男子って、どうして秘密基地とか、隠れ家とか、そんな話で盛り上がれるのかしら？」

「男の子だから……じゃないかな？」

そんなやり取りをしつつ、リクス達は慎重に歩を進めていく。

罠《わな》を警戒するが……意外なことに、それはなかった。

考えてみれば、そもそも侵入者を想定してない『秘密の部屋』である上、共同生活空間が多くあるため、罠なんか仕掛ける発想がなかったのだろう。

これ幸いと、リクス達はどんどんと歩を進めていく。

「シノ、次はどっちだ？」

先頭をいくリクスが正面に丁字路を見つけ、シノを振り返って問う。

この『秘密の部屋』内の地図は、すでにシノが【空間把握】の魔法で、すでに脳内に地図化しているのだ。

「……そこの丁字路を左よ」

「さっすがシノ！　頼りになるぅ～」

そうリクスが茶化すが。

「………………」

当のシノは、どこかその常に不機嫌そうな能面に、どこか困惑の色を浮かべていた。

「どうしたんだ？　シノ」

シノの様子のおかしさを敏感に察したリクスがそう問うが。

「……なんでもないわ。ただの気のせい」

シノは一言でそう突っぱね、それ以上何も言わない。

「……？」

シノのそんな様子のおかしさに、リクスは少し変に思うが、ここが敵地であるため、とりあえずはそれを意識からすぐに外し、前へ向き直る。

そんなリクスの背中をぼんやりと見つめながらシノは一人思っていた。

（そう……気のせいよ。気のせいに決まってるわ……

私が、この場所を知ってるなんて……以前、来たことがあるなんて……

そんなの……ただの気のせいに決まってるわ……）

シノを襲っていた強烈な既視感《デジャヴ》。

今は、それを無視して、シノはリクスと共に先へ進む。

やがて――リクス達は開けた空間へと辿《たど》り着いていた。

――。

「ここは……？」

「なんか……学院の地下にある魔法闘技場に雰囲気が似ているな」

リクス達がそんな風に、辺りをキョロキョロしていると。

「ここはね……我々の魔法鍛錬場なのだよ」


そこに人影が現れる。

「我々はこの学院の秩序を司《つかさど》る選ばれし者達だ。

当然、誰よりも強くあらねばならない。ゆえに、日々切磋琢磨《せっさたくま》しているのだ」

ジェラルドであった。

そして、その隣に佇《たたず》むのは──

「…………」

トランであった。

トランは虚《うつ》ろな目をして、ぼんやりと虚空《こくう》に視線を彷徨《さまよ》わせている。

「トラン！」

トランの姿を認めたリクスは、トランに向かって駆け出しながら、叫ぶ。

「助けに来たぞ、トラン！　もう大丈夫だ！　こっちへ——」

だが。


ビュゴオ！


大気を引き裂く横薙《な》ぎの暴力を、リクスは咄嗟《とっさ》に身を引いてかわしていた。

あとほんの少しでも反応が遅れていたら……首が胴から泣き別れであった。

突然、目にも留まらぬ速度で突進してきたトランが、背中の戦斧《せんぷ》を引き抜き、リクスに向かって振り抜いていたのだ。

まるで四足獣《しそくじゅう》のような低い体勢で、斧《おの》を構えるトラン。

「と、トラン……？」

『グルルルルルルルルル……ッ！』

戸惑うリクスへ向けられたトランの言葉は、まるで威嚇するかのような獣の唸《うな》り声であった。

「ど、どうしたのじゃ⁉　トラン！」

「ま、まさか……間に合わなかったのか⁉」

「そんな……もう、先輩の召喚獣にされちゃったの⁉」

最悪の事態の予感に、セレフィナ、ランディ、アニーが口々に叫ぶが。

「いえ、違うわ。まだトランからリクスへの契約は完全には切れてない……」

トランの状態を目ざとく察したシノが、淡々と言った。

「恐らく、半分以上定着した『偽《ぎ》の名』による強制支配召喚。

中途半端《ちゅうとはんぱ》な『偽の名』で召喚獣を支配するなんて、普通はあり得ないけど……」

「その通り。でも、これさえあれば、その無理は道理となるのさ」

ジェラルドが左手を掲げる。

その掌《てのひら》の上に浮いている骨片——魔王遺物。

それはまるで壊れた水道管のように黒く禍々《まがまが》しい魔力を溢《あふ》れさせており——

ジェラルドが右手で、ぱちんと指を打ち鳴らすと。

『ぐ、ァ、ァアアアアアアアアアアアアアアアアアア——ッ！』

トランの身体《からだ》にも魔王遺物の魔力が無尽蔵に流れて漲《みなぎ》る。

そして、これまでの比ではない速度とパワーで、トランが狼狽《うろた》えるリクスへ向かって突進を開始した。

「く――ッ⁉」

刹那の肉薄。大上段から打ち下ろされるトランの一撃。

やむを得ず、リクスが剣を抜き、両手で盾のように構える。

だが、勘でわかる。この剣では今のトランの一撃を受けきれない。

へし折られ、リクスは剣ごと左右に両断されてしまう――

「リクス！」

だが、間一髪、シノの魔法が間に合った。

シノが短杖《たんじょう》を突き出し、リクスの剣へ魔力を灯《とも》し、剣を強化する。

次の瞬間、真っ向から噛《か》み合うリクスの剣と、トランの斧。

炸裂《さくれつ》する大音響。

爆《は》ぜる凄絶なる火花。

リクスの剣がへし折られることはなかったが――

「うおおおお――ッ⁉」

『ガァアアアアアアアアアアアアアアアアアアアアア――ッ！』


トランの突進が、そのまま受けるリクスを押し込んでいく。

リクスの靴底が地面に二つの線を削り引いていく――

「くそ……ッ！　おい、先輩！　何やってんだ⁉」

ランディがジェラルドへ向かって吠《ほ》える。

「いくらなんでもやり過ぎだろ！　やめさせろ！　リクスを殺す気かよ⁉」

だが――

「それが……何か問題でも？」

ジェラルドが、まるで奈落の底のような目で、いかにも不思議そうにそう言った。

「なんだと……ッ⁉」

「ここは『秘密の部屋』……何が起きたって、外の連中にはわからない……そう……何も問題はないんだ……」

どこか異常な雰囲気のジェラルドに、ランディが息を呑《の》む。

「しかし、あぁ……この魔王遺物とは、本当に素晴らしい……ッ！

今まで感じたことのない力が無限に溢れてくる……ッ！　このようにッ！」

ぞわっ！

ジェラルドの掌の上の魔王遺物より、さらなる魔力が溢れ――

『ガ、ゥ、ァアアアアアアアアアアアアアアアアアアア――ッ⁉』

それに呼応するかのように、さらにトランの全身に禍々しき黒き魔力が膨れ上がる。

トランという存在が際限なく高まっていく――

そして、その可憐《かれん》な少女の身体に異変が生じていった。

ビシビシと、手足や頬に鱗《うろこ》が生えていく。

メキメキと、牙が伸び、角が頭から生えていく――……

それに伴うように、トランはさらに人間離れした挙動とパワーで、リクスへと襲いかかっていった。

「と、トラン……ッ⁉」

『ァアアアアアアアアアアアアアアアアアアアアア――ッ！』

何度も何度も、リクスの剣とトランの斧がぶつかり合う。

リクスは最早《もはや》、防戦一方。

トランの攻撃を捌《さば》くだけで精一杯だった。

「あ、あれ……召喚獣への【魔力贈与強化】だよ!?」

アニーが悲痛な叫びを上げた。

【魔力贈与強化】――魔術師が召喚獣へ魔力を送り、その能力を強化する魔法である。

「ええ、そうね！　しかも、それが強過ぎて、人の身の器には収まりきれず、トランの本能的な防衛反応として、先祖返りを起こしかけているわ！」

「馬鹿な！　汝《なれ》、トランに人を辞めさせる気か!?」

「だから！　それが一体、何の問題がある!?」

セレフィナの怒りに満ちた非難を、ジェラルドは一笑に伏した。

「〝汝《なんじ》、望まば、他者の望みを炉にくべよ〟……魔術師が、己が大義のため、他者を踏みにじることに一体、何の問題があるんだい!?

ははははははは！　そして、私にはそれだけの力があるのだ！

魔王遺物！　古竜種！　この二つが揃《そろ》った私は無敵だッ！

あの忌々《いまいま》しい生徒会執行部など敵ではない！　学院上層部すら問題にならない！

ククク、秩序を……この学院へ、究極の秩序をもたらしてやろう！

私達のような真なる魔術師のみが支配する正しき学院を、この私が作り上げるのだ……

ッ！　ははははははははははははははははは――ッ！」

「だ、駄目だ。あいつ、アンナ先生と同じだ。完全に頭ヒットしてやがるぜ」

「ま、幸い、アンナほど絶望的な相手じゃないがの……それでも圧倒的じゃが」

「そうね。それに……これで古竜種を本当に支配下に置いたら、あの男の力は学院の大導師をも超えるかもしれない。

トランはリクスに任せて……倒すわよ、ここであの男を」

シノ、セレフィナ、ランディ、アニーが身構える。

「ほう？　私と戦うつもりかい？　勝てると思っているのかい？」

「……勝てるわよ」

シノが言い捨てた。

「今の貴方《あなた》は、中途半端な『偽の名』でトランを強引に支配しているだけ。魔王遺物の力に任せて、その無茶を押し通しているだけ。

トランは古竜種。それを力ずくで支配している今の貴方が、ロクな魔法を片手間に使えるわけがない」

「なるほど……確かに今の私は、君の言うとおりロクな魔法が使えないし、戦うこともできないな。だったら、私の代わりに戦う者を喚《よ》べばいいだけではないかな？」

「……ッ⁉」

その時、ジェラルドの前に、魔法陣が浮かび上がった。

そして、魔法陣が光を放って〝門〟が開き、その〝門〟の中から何者かが出現する。

それは世にも恐ろしい異形の怪物だった。

前方に獅子《しし》と竜と山羊《やぎ》の頭部を持ち、獅子の上半身と山羊の下半身、背中には竜の翼、後方の尾には蛇の頭が生えている。

魔獣キマイラ。強大な力を持つＡ級召喚獣。

しかも、魔王遺物による【魔力贈与強化】で強化されている──

「召喚魔法が、複雑な手順や技術、魔法式を必要とするのは、最初に『真の名』を割り出して、掌握する時だけだ。

一度、『真の名』を掌握してしまえば、召喚に必要な魔力さえ確保できれば、こうして召喚することは、片手間でも容易《たやす》いことだよ」

「……くっ⁉」

それでも、これほど強大な魔物を、トラン含めて同時二体支配は、神業としか言い様がない高等技術だ。

大口叩《たた》くだけはある。ジェラルドは──強い。

「もう語るまでもないと思うが、私の得意魔法分野は、召喚魔法だ」

ジェラルドがローブを翻《ひるがえ》して言った。

「召喚魔法を極めるとは、一人で軍隊を持つのと同義。超一流の召喚術師を相手に戦うことが、いかに愚かしいことかをな——ッ！」

そう言って、ジェラルドが指を打ち鳴らす。

すると、キマイラが、シノ達を獲物と定めて猛然と飛びかかってくるのであった——

第十章　お守りと活路

——時は前後して。

「……シノ。これは？」

リクスは、自分の左手の薬指に巻き付け結ばれたシノの髪を見つめながら、物珍しそうにぼやく。

「いい？　リクス、よく聞きなさい。これは——貴方の命綱よ」

「命綱……？」

「覚えている？　貴方のスフィアは私達普通の魔術師と違って、外に開かず、貴方の内に完全に閉じて自己完結してるって。

貴方は開いているのに、閉じている特殊なスフィアを持つ人間——『エゴ』だって」

「うん……覚えてる」

「貴方の【切り札《ラスト・カード》】……あの〝光の剣閃《けんせん》〟は、その『エゴ』を利用した技。

まだ詳しい仕組みはさっぱりだけど、事実としてそう。

だけど、貴方は自身の『エゴ』をまったく、全然、これっぽっちも制御できてない。だから、貴方は自我を自身の『エゴ』の中に埋没させて、予《あらかじ》め決めた命令を実行する殺戮《さつりく》自動人形となる形でしか、〝光の剣閃〟を振るうことができない。

一体、誰がこんな非人道的な仕組みを、貴方へと組み込んだのか……まぁ、その話はとりあえず置いといて。

とにかく、これは下手をしたら二度と人間に戻れない諸刃《もろは》の剣《つるぎ》……わかってるわね？」

「わかってる……」

すると、シノはリクスの左手首を摑《つか》んで、リクスの眼前に上げる。

「この髪に、私の魔力とスフィアを分けたわ。

これは、貴方の『エゴ』へ埋没する自我を、通常の半分に抑える。

文字通り『エゴ』という深淵《しんえん》の底へ沈む貴方を、現世に繫《つな》ぎ止める命綱……このお守りがある限り、貴方は完全には人形にならない。

多分、威力は半分以下になるだろうけど——貴方は貴方のまま、あの〝光の剣閃〟を振るえるようになるわ」

「！」

「でも、気をつけて。その効果は永続じゃない。仮に貴方のあの〝光の剣閃〟を振るう人形状態を『黄昏《たそがれ》モード』と名付けるとすると……」

「シノ。ネーミングセンス」

「黙れ。その『黄昏モード』に入り始めてから三分で、そのお守りの力は焼き切れる。貴方は、人に戻って来られなくなる。

いいわね？　『黄昏モード』に入ったら、三分間でケリをつけなさい――……」

――。

「ああああああああああああああああ――ッ！」

戦斧《せんぷ》を振り上げ、猛然と突進してくるトランへ、リクスが動いた。

大上段から稲妻のように墜《お》ちてくるトランの斧《おの》へ、リクスが下段からの左斬り上げで一閃《いっせん》する。

その刹那、その剣先に灯《とも》る黄昏色の〝光〟。

何度打ち合っても、何度斬り結んでいても、トランに打ち負け、押し負けていたリクスの剣が――変わる。

鋼鉄を寸断する壮絶な金属音と火花と共に――

トランの斧を完全に切断し、その衝撃でトランの身体《からだ》を横へ大きく吹っ飛ばす。

「……何ッ⁉」

まさか古竜種が力で打ち負けるとは微塵《みじん》も思っていなかったジェラルドの顔が、驚愕《きょうがく》に染まる。

「な、なんだ⁉　その剣先の光は……ッ⁉」

そして、今、リクスの眼前にトランはいない。

トランは、床をバウンドして転がっている最中だ。

つまり、リクスとジェラルドを遮るものは――何もない。

「――――ッ！」

リクスが間髪容れず駆け出す。

まるで影が地を走るようなその踏み込み速度は、神速。

ちりちり、と剣先に光を灯しながら、リクスはジェラルドへ真っ向から肉薄する――

真っ直《ます》ぐジェラルドを見据えるリクスの瞳が湛《たた》えるは、光なき無限の虚無色。

まるで人形のようなその目に、ジェラルドは背筋に寒いものを覚えた。

「フン――ッ！」

やむを得ず、ジェラルドがリクスへ杖《つえ》を向ける。

発動したのは【拘束魔法】。

リクスの動きを封じようと、四方八方から、リクスへ向かって光輪が迫るが――


翻る剣閃、剣閃、剣閃――


リクスの振るう剣先を追う〝光の剣閃〟が、光輪がリクスに嵌《は》まる前に、その悉《ことごと》くを斬り捨てた。

「何っ⁉」

「もらった……ッ！」

次の瞬間、ジェラルドを完全に自身の剣の間合いへ入れたリクスが、ここで仕留めるとばかりに〝光の剣閃〟を放つ、が――

「――と、思うかい？」

なんと、ジェラルドが身体を捌《さば》き、リクスの剣撃をあっさりとかわしていた。

「――ッ⁉」

構わずリクスが剣を切り返す。

振り下ろした剣を斜めにはね上げ、左へ避けたジェラルドへ追撃する。

稲妻が跳ね回るような、上中下段の神速三連。

「おっとっと」

ジェラルドはそれすらもひょいひょいとかわしきって、間合いを取り――

そうこうしているうちに。

『ガァアアアアアアアアアアアアアアアアアアア――ッ！』

復帰してきたトランが、リクスへ横殴りに襲いかかってきた。

その両手には竜言語魔法《ドラゴンズ・シャウト》【斬り裂く竜爪《クロウ・エクステンド》】――真銀《ミスリル》や日緋色金《オリハルコン》すらバターのように斬り裂く、竜の爪が伸びている。

「く――ッ⁉」

リクスが、そのトランの斬撃に、〝光の剣閃〟を合わせる。

大気を震わす衝撃音。

リクスとトラン、互いの攻撃の衝撃反発で両者弾《はじ》かれたように大きく吹き飛んでいく。
「くそ……ッ！」
逆らわずに地を転がり、その勢いを利用して素早く体勢を立て直すリクス。
『ぐるるるるるる……ッ！』
奇跡的なバランス感覚で宙をくるりと返り、猫のように足音軽く着地するトラン。
トランはジェラルドを背後に庇《かば》う形で。
リクスはそんなトランと真っ直ぐ立ち向かう形で。
両者再び睨《にら》み合う形となる──
「なるほど……私狙いか」
ローブの裾についた埃《ほこり》を払いながら、ジェラルドが言った。
「確かに、私が死ねば……その古竜種の契約は無効となる。
ククク……君もなかなか魔術師じゃないか？」
リクスの剣を余裕で捌ききってみせたジェラルドが、鼻を鳴らす。
そんなジェラルドへ、リクスが反発するように言った。
死んだような目をしているが、その意識はハッキリしていた。
「半分アタリで、半分ハズレだ」

「なんだと？」

「俺はアンタを殺さない。俺はこの学院で、平和に楽しく暮らしたいんだ。アンタみたいな嫌なやつでも、殺したら楽しくなくなっちゃうだろ？　そんなのゴメンだね。精々、意識がなくなるまでボコボコにする程度さ。契約関係は、きっとシノがなんとかしてくれるし。多分」

そんなリクスの返答に、ジェラルドは失望し、蔑むように言い捨てた。

「フン、殺すことを恐れているのか？　前言撤回だ。君は魔術師じゃない。ただの現実から逃避している甘ったれだ」

「かもね」

「私なら、必要なら迷わず殺すけどね。私は真の魔術師だからな。わかるかい？　これが君と私の〝差〟だ」

「でも、勘だけど……多分、アンタはわかんないだけじゃないかな？　人を殺す重みってやつ。俺が現実から逃避してるなら、アンタはきっと現実が見えてない」

何気ない素の口調でさらりと言った言葉ながら、リクスのその言《げん》には、なぜか不思議な重みがある。物事の真に鋭く迫るような、そんな雰囲気がある。

「へ、減らず口を……ッ！」

それが妙に腹立たしいジェラルドは、そんな苛立《いらだ》ちと不快感を吐き捨てるように、リクスへと返す。

「だけど残念だったな、リクス君。ご覧の通り、君の攻撃は私にはまったく通らない」

「…………」

「魔術師は自身のスフィア領域内の事象を、全て完全に知覚・把握することができる。つまりどれほど速く動こうが、君の動きなど、手に取るようにわかるのだよ。それを防ぐには、君もスフィアを展開し、私のスフィア知覚から外れなければいけないのだが……知ってるよ？　君、スフィアがなくて、魔法が使えないんだってね？　有名だよ」

「…………」

「わかるだろう？　何やら奇妙な〝技〟を持っているようだが——まるで問題なし。君に勝ち目など、微塵もないのだ……ッ！」

そう。

シノのお守りによるリクスの〝光の剣閃《けんせん》〟は不完全なのだ。

まず、スピードもパワーも、本来の——シノが言う『黄昏モード』の〝光の剣閃〟には遠く及ばない。

それ以前に、光の輝きがまったく足りてない。

本来の〝光の剣閃〟は、シノ曰《いわ》く、あらゆる理《ことわり》をスフィアごと斬り裂く意味不明の技なのだ。スフィアの知覚からすらも外れる技なのだ。

以前、キャンベル・ストリートの戦いで、リクスがアンナ先生の『祈祷《きとう》魔法』を斬り伏せることができたのは、その謎の特性にある。

「だが――その〝光の剣閃〟は、よくわからないが脅威ではあるな。

理屈は不明だけど魔法をも斬り裂いてくるし……怖い怖い、ククク……万が一にでも喰《く》らいたくはないな。私のスフィア知覚強度を、もう一段落上げておこうか」

ずん、と。

リクスを取り囲む場の何かが、より一層強まる気配を、リクスは感じた。

まるで、全身三百六十度、くまなく誰かに見られているような感じだった。

「これでさらに君の動きを精度良く知覚できる……もう、君の攻撃は奇跡が起きても掠《かす》りもしないよ」

「そんなの……やってみなきゃわからないだろ！」

駆け出すリクス。

そして、それを阻《はば》むように、トランがリクスへ肉薄する。

『ガァアアアアアアアアアアアアアアアアアア――ッ！』

今度は〝噛《か》み付き〟だった。

トランの顎が、リクスの喉笛に凄《すさ》まじい勢いで迫る。

ギラリと禍々《まがまが》しく光る、トランの牙。

ぞくり、と背筋に死の予感を覚え、リクスがとっさに身体を右へ捌いて回避。

トランの顎が、リクスの左肩を浅く噛み千切る。

舞う鮮血。

「――くっ⁉」

体勢を立て直そうとするリクスへ、強引に振るわれるトランの爪。

獣ならぬ人の体幹ならば、絶対不可能な体勢から攻撃が放たれ、大気を引き裂いてリクスの首をすっ飛ばそうと迫る。

「ぁあああああああ――ッ！」

直感で強引に――合わせた。

振り下ろす〝光の剣閃〟で、辛《かろ》うじて爪を叩《たた》き落とす。

これで、両者共に完全に体勢が崩れた、次は互いに体勢を立て直すターンだ。

一息吐《つ》ける――リクスがそう思った次の瞬間。


どんっ！


トランの嵐のように荒ぶる鋭い後ろ回し蹴りが、リクスの腹部を完全に捉えていた。

（なんで……ッ⁉　そっから蹴りが来るんだよ……ッ⁉）

本当に最後の直感で、インパクトの瞬間に後ろに跳んで威力を多少殺したが……鍛え抜かれたリクスの肉体でなかったら、今ので内臓複雑破裂の即死だ。

それでもダメージは甚大《じんだい》だが、大きく吹き飛ばされたことが幸いだ。

辛うじて体勢を立て直す時間が確保できる。

（くそ……っ！　トラン……強い……ッ！）

床に叩きつけられてバウンドし、二度、三度転がって、後方に飛び跳ねるように起き上がる。

案の定、すでにトランがそんなリクスへ目がけて、猛然と突進してきている。

リクスは意識的にカチリと痛覚を遮断し、剣を構える。

普通の人間ならば、激痛にのたうち回って、しばしまともな思考や行動が一切取れなくなるだろうが、リクスはそれを器用に御する。

傭兵《ようへい》流の戦闘継続術だ。

(傭兵時代の手合わせでも強かったけど……ここまでバカ強くはなかった……

そうか……お前、人でなくなってきているのか……ッ！)

見れば、トランの姿が、まるで何かに侵食されるかのように、どんどん異形へと変貌していっている。

本当に元の姿に戻れるのか？

不安になってくるほどに、トランが変わってしまっている。

(竜……そうか、今のトランは人というより竜に近い……)

そう考えるならば、先ほどまでの人間を辞めた挙動が理解できる。

確かにあれは……四足獣《しそくじゅう》ならではの動きを感じさせる。

(なら、人を相手するつもりじゃ駄目だ。イメージがズレる)

カチン、カチン、カチンと。

リクスは脳内にある戦闘回路を、切り替えていく。

目前の敵に対して、最適な戦闘行動を取れるよう、思考と技を最適化していく。
(今のトランは――竜だ)
で、あるならば――そう弁《わきま》えた上で、戦闘技能を一から組み立て直すまでの話。
リクスがそうやって、トランに対する認識を更新した、次の瞬間。

『カァ――ッ!』

迫り来るトランがその口から、滾《たぎ》る炎の奔流を吐き出した。
竜言語魔法《ドラゴンズ・シャウト》【灼熱炎《ブレス》】。
見ただけでわかる、その壮絶なる火力。
瞬時にリクスの周囲一帯が、陽炎《かげろう》でぼやけ、床の石材が赤熱沸騰する。
まともに喰らえば、人間など骨はおろか、灰の一片すら残らない。
だが――
(それは――多分、魔法だ!)
刹那、迸《ほとばし》る――〝光の剣閃〟。

すでに戦闘回路を切り替えていたおかげで、対応が間に合う。
リクスの剣が真っ向から、トランの炎を斬り裂き、二つに割った。
リクスの剣に斬られた炎が、雲散霧消していく――
「トラン――ッ！」
そして――リクスがトランへ斬りかかった。
『ぐるぁあああああああああああ――ッ！』
獣の咆哮《ほうこう》を上げ、トランがリクスへ爪を繰り出す。
真っ向から噛み合う剣と爪。
「ふ――」
『ガァ――ッ！』
そのまま両者、身を翻《ひるがえ》し――斬り結ぶ。
と、見せかけて。
『ぐるっ⁉』

リクスがトランの振り回す爪撃を外し、トランの脇をすり抜けていた。

脇腹を浅く斬り裂かれ、鮮血が舞うが構わない。

「ぁああああああああああああああ――ッ！」

「――ッ⁉」

リクスが目指すは――あくまでジェラルドであった。

瞬時に、間合いを消し飛ばし、リクスがジェラルドへ斬りかかる。

だが――

「無駄だと言っているだろ⁉」

そんなリクスの攻撃を、あっさりとかわしてしまう。

跳び下がって間合いを取る。

「君は、私のスフィア領域内にいるんだぞ⁉　君がいくら技をこらして私に斬りかかろうが、全て無駄なのだ……ッ！」

「ちぃ――ッ⁉」

諦めず、さらに追撃をと思ったリクスだったが、背後から迫るトランの気配に、それを断念。

横に跳び下がり、ジェラルドとトランの両方から間合いを取り、トランへ身構える。

そうせざるを得ない。
そして、次の瞬間、再びトランとリクスの壮絶な格闘戦が始まるのであった。
やはり、一方的に押されているリクスの姿を見て、ジェラルドが物思う。
（フン……あくまで狙いは古竜種ではなく、私か。まぁ、理に適《かな》ってはいるけどな）
蔑みはしているが、ジェラルドの心にさほどの余裕はない。
なぜなら――
（本当に……なんなんだ？　あの光る剣は？　正体がまるでわからない。
魔力が感じられないから魔法でないことは間違いないのだが……）
だというのに【拘束魔法】は斬る。【灼熱炎《ブレス》】も斬る。滅茶苦茶《めちゃくちゃ》である。
恐らく、あの剣の前に、あらゆる防御魔法はまるで意味をなさないのだろう。
受けたらダメだ。唯一確実で安全なのは、回避だけだ。
だが――先もかわせてはいたが、見た目ほど余裕をもった回避ではなかった。
それほど、あの剣は速い。リクスの剣の技量が凄まじい。
何度も何度も仕掛けられれば、いつかこの喉元に刃《やいば》が届くかもしれない。
（事故が怖いな……もう一段階だけ、スフィア知覚強度を上げておくしかないか……）
得体の知れないリクスに対する警戒度を油断なく高めながら、ジェラルドはリクスとトランの戦いの行く末を眺めるのであった。

――一方、その頃。

(何をやってるの、リクス……ッ！　時間がないの、わかってる……ッ！　早く……早く、決めなさい！　貴方《あなた》の【切り札《ラスト・カード》】を……ッ)

リクス達の戦闘を流し見ながら、シノが物思う。

その心を焦燥が焦がしていく。

(早く終わらせないと……貴方は人間に戻れなくなるのよ……ッ!?　だから――)

と、その時だった。

「おいっ！　シノ！　行ってるぞ!?」

「――ッ!?」

ランディの言葉に、はっとシノが我に返った。

気付けば、キマイラがシノの目と鼻の先まで飛びかかっていた。

今のトランほどではないが、それでもぼうっとしている人間を容易にバラバラに引き裂ける程度の圧倒的暴力を秘めた爪牙《そうが》が、シノへと襲いかかる。

「しまっ――」

慌てて短杖《たんじょう》を構えるが、もう遅い。

キマイラの牙がシノの喉元を捉えようとしていた、まさにその時。

「はぁあああああああああああああ――ッ！」

紅蓮《ぐれん》の灼熱炎《しゃくねつ》がシノを守るように渦を巻き、キマイラを灼《や》く。

セレフィナの炎だ。

たまらず攻撃を中断し、跳び下がるキマイラの横面《よこつら》へ――

「ぉおおおおおおお――ッ！」

ランディが思い切りよく飛び込み、右拳を繰り出す。

キマイラの横面を捉えるランディの拳。

その拳打に、キマイラのような頑強な相手に通るダメージなど、ほとんどない。

だが――その拳打には、凝縮された〝凮〟が込められている。

インパクトの瞬間、その凝縮された〝凮〟が爆発的に解放され――


どんっ！


キマイラを大きく吹き飛ばす。

チャンスとみたら思い切りよく攻撃を差し込める、なかなか良い戦闘センスだった。

「シノ！　リクスが心配なのはわかるがの！　余らが相手しているあの魔物、余所見《よそみ》しながらどうこうなる相手ではないぞ⁉」

「魔王遺物でパワーアップもしてるしな……ッ！」

そうこうしているうちに、体勢を立て直したキマイラが、シノ達へ目がけて猛然と飛びかかってくる――

「……〝踊れ炎、共に舞え夢幻の陽炎〟」

その時、一歩前に出たセレフィナが細剣《レイピア》をゆらゆら動かしながら、呪文を唱えた。

すると、セレフィナの周囲に、人魂《ひとだま》のような炎が幾つも灯《とも》って浮かび上がり……その炎がぐにゃりと空間を陽炎のように揺らめかせて。

次の瞬間、炎が無数のセレフィナの姿を結像するのであった。

「な、なんだ……ッ⁉」

【夢幻陽炎】――炎の揺らめきでなす幻術……この時代にも使い手がいたの⁉」

どうやら相当に高度な魔法らしい。

ランディはおろか、シノすらやや驚きを隠せない様子であった。

そうしている前で、無数のセレフィナが素早く駆け出し、散開。

警戒するキマイラを素早く取り囲んでいき――

そして、一斉にキマイラへと細剣《レイピア》を向けて飛びかかった。

キマイラはそのうちの何人かを爪や牙で薙《な》ぎ払うが――ハズレ。

「ギャウッ⁉」

薙ぎ払われた幻のセレフィナは炎へと戻り、キマイラを激しく灼いて――

「シャ！」

そして、実体のセレフィナが怯《ひる》んだキマイラを、横から細剣《レイピア》で斬り裂くのであった――

「……リクスで色々と感覚おかしくなるけど、姫さんも大概化け物だよなぁ」

そんな様子を眺めながらぼやくランディ。

「当然、シノ。お前もな」

「…………」

「リクスは大丈夫だよ。あいつはなんだかんだでやってくれるやつだ」

そんなランディの発破と気遣いに。

「余計なお世話よ、ランディのくせに」

シノが杖を振り上げ、高い天井の一点を差す。

「〝理《ことわり》の天秤《てんびん》、我が意に傾け〟！」

その瞬間だった。

「──むぅ!?」

今、まさにセレフィナへ追いつき、爪を突き立てようとしてたキマイラの身体《からだ》が。

シノが杖で差した天井へ向かって、落下した。

キマイラは天井へ激突し、苦悶《くもん》の吠《ほ》え声を上げる。

「じゅ、【重力操作】……重力の方向を変えたのか……？」

「コスパが良いのよ。セレフィナみたいな、エネルギー放出系の魔法だと、私、すぐ枯渇《こかつ》するし」

フン、と。髪をかき上げながら、シノが鼻を鳴らす。

「コスパって……【重力操作】がどんだけ高等魔法だと思ってんだよ？　やっぱ、お前も化け物じゃねーか」

「うるさい。とっととあのキマイラ片付けて、リクスの加勢に行くわよ！」

そう言って。

シノは短杖をゆらゆら動かし、次の魔法を用意し始める。

「……皆、援護するよ……ッ！　〝汝《なんじ》に安らぎを、瞼《まぶた》は落ちよ〟　！」

そして、シノの魔法に先んじて、アニーが大杖を掲げて呪文を唱えた。

【眠り】の魔法が、キマイラを捉える。

当然、これでキマイラほどの魔物が昏睡《こんすい》状態に陥ることはないが……その一瞬、確実にキマイラの動きは鈍くなる。

「でかした、今じゃ！」

「うおおおおっ！」

「……ッ！」

それに合わせて、セレフィナ、ランディ、シノがそれぞれの攻撃をキマイラへと畳みかけるのであった――

第十一章　炸裂《さくれつ》する〝切り札〟

戦いが長引くうちに、ジェラルドは次第に苛立《いらだ》ちを募らせていた。

（くそ……何をしている……ッ⁉　どいつもこいつも使えぬグズめ……ッ！）

その戦況を後方で睥睨《へいげい》しながら、ジェラルドが歯嚙《はが》みする。

あっさりと終わるはずだった、トランとリクスの戦いが想定以上に長引いている。

当初、ジェラルドの魔力強化を受けて先祖返りをしかけていたトランの力は、比類なき暴力でリクスを圧倒していた。

だが、途中で何やらリクスが立ち回り方を器用に変えた。

途端、戦闘の様相が変わった。

今でもトランの一方的な攻勢は変わらず、リクスの防戦一方なのも同じだが、リクスがトランの怒濤《どとう》の攻撃をしっかりと捌《さば》いているのだ。

おまけに、あまつさえ、トランの隙を見て、ジェラルドへ一矢《いっし》報いようとリクスが狂犬のように迫ってくる。

それがまったく無視できる頻度ではないのが困る。

その都度、ジェラルドはスフィア知覚を強化して、リクスの攻撃を回避するが……鬱陶しいことこの上ない。

リクスが〝光の剣閃《けんせん》〟という、当たればジェラルドを確実に殺せる手段を持っているのも非常にウザい。

おかげで、リクスから注意を切ることができない。常に注意を向けざるを得ない。

（しかも——……）

キマイラと戦っている他の一年生どもが、これまた、なかなかやる。

一年生の分際で、あのキマイラを——しかも魔王遺物のブーストも乗せたキマイラを相手に、ここまで戦えるなんて普通はあり得ない。

常に最前線でキマイラと戦うセレフィナ。天才皇女と名高いが、その天才の名にふさわしき圧倒的な魔力とスフィア、そして戦闘センスの実力者であった。

正直、ジェラルドは、彼女を舐《な》めていたことを認めざるを得ない。

シノという少女の魔法技量も半端《はんぱ》じゃない。魔力とスフィアはセレフィナとは比べるべくもないほどショボいが、技量だけなら学院の導師達すら超えている。

しかも、異様なほど魔法戦に慣れている。まるで歴戦の決闘者だ。

(何者なんだ、あの女は……？)

さらには、あの雑魚《ざこ》二人――ランディとアニーも、要所で意外と良い働きをしているのが気に食わない。

基本的には、セレフィナとシノの後ろで突っ立っているだけのランディだが、戦線の崩壊を、咄嗟《とっさ》の思い切りの良い差し込みで防ぐことが、見てて何度もあった。

風の壁を纏《まと》って、ターゲット取りなども要所で行い、とにかくセレフィナとシノを戦いやすくしている。正直言ってウザい。弱いけどウザい。

アニーもアニーで、キマイラほどの魔物の動きを一瞬だけでも鈍らせるほどの【眠り】の魔法で援護してくる上、仲間達の負傷は片端から【癒《いや》し】で治癒していってしまう。

やはりウザいこと、この上ない。

(くそ……なんなんだ、この一年どもは……？)

さっさとひねり潰してやりたい。

さらなる召喚獣を追加してやりたいが、片手間に古竜種を支配しているせいで、さすがにキャパオーバーだ。これ以上の召喚獣は喚《よ》べない。

だったら、ジェラルド自身が、なんらかの魔法で横やりを入れたいがそれもできない。

リクスのせいだ。

リクスのせいで、無駄に知覚方面にスフィア強度を高めている。

こっちもキャパオーバーだ。この状態でこれ以上の魔法は使えない。

つまり膠着《こうちゃく》状態。八方塞がりである──

（いや、八方塞がりではない。むしろ、現状を維持すれば勝てる……）

そう。

もうじき、トランの『偽《ぎ》の名』による再契約が終わる。

そうなれば、しめたものだ。

ジェラルドは、トランのパフォーマンスをもうフル活用できるし、同時に、さらなる召喚獣を追加で何体も喚ぶことも可能となる。

そうなれば、この戦いの天秤は一瞬でジェラルドへと傾く。

傾くのだが──

「はぁあああああああああああああああ──ッ！」

「……っ⁉」

まただ。

また、リクスがトランをかわして、ジェラルドへ斬りかかってきた。

翻《ひるがえ》る〝光の剣閃〟。

当然、より強化したスフィアで完璧にリクスの動きを知覚していたので、回避はできたが……

(一体、何度、ヒヤリとさせれば気が済むんだ、この男は……ッ⁉)

次の瞬間、割って入ったトランから逃げるリクスを見送りながら、ジェラルドはどんどんと苛立ちと焦燥を募らせていく——

と、その時だった。

(……ッ！)

ジェラルドは気付いた。

トランの『偽の名』による支配が深まり、トランの情報をより深く覗《のぞ》けるようになったお陰で——トランに、この状況を一気に打開する能力があることに。

(これは……なるほど……ふっ……そうだよな……

古竜種なら、当然、持っているよな……この魔法を……ッ！)

この瞬間、ジェラルドは勝利を確信した。

何も問題はない。

トランにこの魔法を使わせれば、その瞬間に戦いは終わりだ。

(手こずらせてくれたな一年！　だが貴様《きさま》達の善戦も、最早《もはや》ここまでだ……ッ！)

――――。

(リクス……まだなの……ッ⁉)

シノは焦《あせ》りと共に、淡々とトランと戦い続けるリクスをちらりと流し見る。

セレフィナとランディ、アニーの戦いを油断なくサポートしてはいるが、最早、気が気ではなかった。

(そろそろ、時間よ……ッ！　貴方《あなた》、また人間辞める気……ッ⁉　もうこないだのように、首尾良く貴方を戻せるかどうかわからないのよ……ッ⁉)

だが、そんなシノの思いなど露知らず。

リクスは、〝光の剣閃〟を振るって戦い続けている。

リクスの力不足というより、トランが圧倒的なのだ。

それはわかる。わかるのだが――……

（……撤退。そろそろそっちも考えないと……ッ！）

だが、どうする？

ジェラルド、キマイラ、トラン。

この三体の強敵から逃れる手段などあるのだろうか？

シノが思考を巡らせ始めた、その時だった。

（……？）

リクスと戦うトランが、不意にリクスから飛び離れ、距離を取った。

今までのトランには見られなかった挙動だった。

（一体、何を……？）

訝《いぶか》しむシノの視界の端で。

トランが大きく息を吸って――

次の瞬間。

　ぷつん。

シノの意識が真っ白に染まって、飛んだ。

――――。

一言で言えば……その攻撃は〝音〟だった。

そして、それは耳を貫き、魂を打ち砕くような大音響であった。

その正体は、トランの叫びだ。

ただ、口を大きく開けて、思いっきり吠《ほ》えた――ただそれだけ。

だが、それがとてつもなく強大だっただけ。

竜。その喉笛は大弓、叫ぶ言葉は流れ星。

大気が震え上がらんばかりのその咆哮《ほうこう》は、人間の魂や精神を直接撃ち貫く凄《すさ》まじい衝撃と威力を持っている。

竜の咆哮。人より食物連鎖の上位に立つ者の威嚇行動は、ただそれだけで人の心に純然たる原初の恐怖を引き起こし、あらゆる思考を打ち砕く一種の魔法である。

竜の咆哮は、人を恐怖の鎖で縛りつけ、身体《からだ》を麻痺《まひ》させ、引き起こす混乱と恐慌《きょうこう》が一時的に視力・聴力・触覚……あらゆる五感を失わせてしまう。

それこそが――竜言語魔法《ドラゴンズ・シャウト》【打ちのめす叫び《スタン・スローター》】。

もっとも単純にて、竜種を最強の存在たらしめる最強の魔法である。

――――。

「無様だね」

ジェラルドがその場を睥睨《へいげい》しながら言った。

「竜の【打ちのめす叫び《スタン・スローター》】は、届ける相手を選ぶことができる。そして、これを聞いた者は、しばらくの間、スフィアを破壊され、思考不可能となり、完全に行動不能状態に陥る……君達のようにね」

「「「…………」」」

ジェラルドが睥睨すると、そこには棒立ちしているシノ、セレフィナ、ランディ、アニー、リクスがいる。

敵が眼前にいるというのに、無反応で微動だにせず、視線を虚空《こくう》へ彷徨《さまよ》わせている。

「……君達もよく粘ったけど、終わりだ」

そう蔑むように言い捨て、ジェラルドが配下の召喚獣達へ指示を送った。

「やれ。一人残らず殺してしまえ」

その指示を受けて。

抵抗が一切かなわなくなったリクス達へ、トランとキマイラが襲いかかった。

最早、勝負は決した。

リクス達の命運は尽きた——まさに、その時だった。


「この時を待っていた」

翻るは——〝光の剣閃《けんせん》〟。

流れ星のような軌跡を描き、二閃《ふたせん》。

その場の空間を疾《と》く鋭く翔《か》け流れ——瞬時にキマイラを左右に両断し、トランを叩《たた》きのめして吹き飛ばす。

その剣閃を放った者は当然——リクスだった。

「トランの標的が、俺から別のやつに移るこの瞬間を、待っていた」

「馬鹿な⁉ なぜだ⁉」

この展開に、まなじりが裂けんばかりに目を見開いて驚愕《きょうがく》するジェラルド。

「【打ちのめす叫び《スタン・スローター》】を聞いた者は例外なく心神喪失する！ なのになぜ――ッ⁉」

まるで聞こえてないかのように、リクスがジェラルドへ突進を開始する。

（いや、聞こえてない、い……？）

ジェラルドは、はっとした。

極端に強化されたスフィア知覚から得られるリクスの状態を見れば。

今の今まで、リクスの動きばかりに注視していたため、そのリクス自身の些細《ささい》な変化を見落としていたのだ。

リクスの全身は、これはもう酷《ひど》いダメージだらけだが。

いつの間にか、ほんの少しだけ、そのダメージが増えていたのだ。

それは――鼓膜。

（……ッ⁉）

猛然と向かってくるリクスの両耳を見れば、そこから血が垂れている。

（あの一年……バカな……ッ！ 鼓膜破ってやがる……ッ⁉ 【打ちのめす叫び《スタン・スローター》】をそんな防ぎ方するやついるか……ッ⁉ アホか……ッ⁉）

そもそも、一体、どうしてリクスはこの【打ちのめす叫び《スタン・スローター》】が来る、と分かっていたのだろうか？

だが、防がれたのは事実だ。対処せねばならない。

（問題ない！　これほど高い知覚レベルのスフィア領域を展開しているのだ！

あの一年の攻撃など、どうとでも見切れる！　かわせる！）

初撃をかわし、キマイラを失った分のキャパを使って、攻撃魔法で反撃して終わり。

ジェラルドは動揺を瞬時に収め、やはり相変わらず勝利を確信してほくそ笑む。

だが――

「行くぞ。これが――俺の〝切り札〟だ」

ジェラルドへ向かって猛速で迫るリクスが、剣を投げた。

――上に。

「は？」

あまりにも意味不明過ぎるリクスの行動に、ジェラルドが一瞬固まる。

そんなジェラルドの前で、リクスが何かをローブの袖から取り出す。

なんか不格好な丸い玉だ。

それを、同じく取り出した魔道具『フレイター』で火を点《つ》け始める。

次の瞬間。

丸い玉が、カッ！　と弾《はじ》けて炸裂《さくれつ》。大爆発を引き起こした。

赤、青、黄色……色とりどりの様々な光の炎が、周囲一帯に四方八方へと、滅茶苦茶《めちゃくちゃ》に飛び散っていく。

そう、リクスが手の中で爆発させたのは、魔法花火だったのだ。

（えええええええええええ……？）

爆風を【盾】で防いだジェラルドはもう混乱するしかない。

リクスのこの行動に、一体、何の意味があるのか。

むしろ、爆発の中心にいたリクスのダメージは甚大《じんだい》だ。

周囲に嵐のように吹き荒れる様々な色の魔法の炎に焦がされまくりである。

だが──ジェラルドはすぐに、気付いた。

そう、今、この瞬間。

自身のスフィア領域内の知覚の異常を。

（じょ、情報量が……多すぎる……だとッ⁉）

リクスが炸裂させた魔法花火は、様々な波長の魔法の火花を同時に発生させる。

言わば、その一つ一つの火花がそれぞれ別の魔法と言っても過言ではない。

つまり、スフィア知覚的に言えば、今、この場は情報の洪水状態である。

しかも、リクスの動きに対応するため、スフィア知覚を極端に高めていたことが、その情報の洪水っぷりにさらなる拍車をかけていた。

今、ジェラルドがもっとも注視せねばならないリクスという存在が、その情報の洪水によって埋め尽くされ、塗り潰されてしまうほどであった。

スフィア知覚がなければ、戦士としてはド素人《しろうと》のジェラルドに、人間離れした身体能力と体術を併せ持つリクスの動きなど、目で追えるはずもない。

それを証明するかのように──

「……ッ⁉」

ジェラルドの前から、リクスの姿が消えていた。

ほんの一瞬で見失ったのである。

「ど、どこだ⁉　あいつ、どこへ行った⁉」

ジェラルドは慌てて、スフィア知覚でリクスを探るのをやめ、目に頼って索敵をするが
──時、すでに遅し。

「……ここだよ」

リクスはジェラルドの背後に回っていた。

天井に向かって右手を掲げている。

「——ッ⁉」

ジェラルドが背後のリクスへ振り返るのと。

くるくると回転しながら落ちてきた剣が、上をちらりとも見ないリクスの掲げる右手に収まるのは——同時だった。

「あ」

「先輩。ご指導ご鞭撻《べんたつ》のほど——あんがとござっしたぁあああああああああああああああああああああああ——ッ！」

そのまま、リクスがジェラルドの顔面へ向かって剣の腹を叩きつける。

クリーンヒット。そもそもスフィア知覚がなければ、ジェラルドがリクスの剣をかわせるわけがない。

「ふんぎゃあああああああああああああああああああああ――ッ!?」

そのまま、ジェラルドは情けない悲鳴を上げながら吹き飛ばされ、一撃で完全にその意識を刈り取られる。

パキン！

その衝撃で砕け散り、雲散霧消していく魔王遺物。

こうして、治安維持執行部との戦いは、一発の花火と共に幕を下ろすのであった――

第十二章　真の名

「ねぇ、リクス。貴方《あなた》、バカじゃないの？　バカでしょ」

　全てが終わって。

　我を取り戻し、リクスから事情を聞くや否《いな》や、シノの第一声はそれだった。

　一同が【打ちのめす叫び《スタン・スローター》】で心神喪失したあの空白の時間、リクスが何をしたか、全て知った仲間達は、もう何か珍妙な生物でも見るような目でリクスを見つめている。

「な、なんだよ、シノ……勝ったんだからいいじゃんか……何が悪いんだよぉ？」

　どこかふて腐れたようにリクスが唇を尖《とが》らせる。

　耳の治療や身体《からだ》のダメージは、アニーの【癒《いや》し】の魔法で、すっかり治っていた。

「鼓膜破るのがまずバカだし、自爆花火特攻がもうアホだわ」

「酷いなぁ……」

「普通の輩《やから》なら、そんな話聞かされても〝ははは、ほら吹きめ〟で済むんじゃがの。

　リクスじゃしのう……本当にやったんじゃろうなぁ……」

「呆《あき》れを通り越して、尊敬するぜ」

セレフィナもランディも、ため息半分呆れ顔《がお》であった。

「リクス君……もう無茶はやめてね……」

ただ、アニーだけが本当に心配そうで、リクスは心苦しく思った。

と、そんな時、シノが聞いてくる。

「ところで、貴方、どうしてトランの【打ちのめす叫び《スタン・スローター》】を予測できたわけ？」

「ん？　ああ。あの凄《すご》いギャオーン、【打ちのめす叫び《スタン・スローター》】っていうのか？

そうだな……えーと……うーん……？」

しばらくの間、リクスが腕組みして考え込んで。

脳裏にちらちらと思い浮かぶのは——

とある剣士と、とある竜が、壮絶な死闘を演じている……そんな光景。

だが——それはほどなくして脳内から霧散していって。

やがて、リクスはこう答えた。

「……なんとなく？」

「もういい。貴方に聞いた私がバカだったわ」

相変わらずのリクスっぷりに、シノはやはり深いため息を吐《つ》くしかなかった。

「ところで……トランはもう大丈夫なのか？」

「大丈夫よ。ジェラルドとの『偽《ぎ》の名』も、貴方への一方通行の契約も破棄したわ」

リクスが傍《かたわ》らで寝ているトランを見下ろす。

竜化が進んだ痛々しい姿だ。

「……これ……ちゃんと元の姿に戻るのか……？」

「一応、魔法的には戻す方法はある。だけど、高度過ぎて、今の貧弱な私のスフィアではどうしようもない。学院の導師の力を借りるしかないわね」

「……ルシア先生か」

超絶美人で優しい、学院の女神先生の姿を思い浮かべるリクス。

「そもそも勝手に破棄して大丈夫かな？　またあの怖いトランが出てくるんじゃ？」

「それも大丈夫よ。深く調べたら、貴方への一方通行な契約に残っていた残留思念みたいなものだった。消すのは可哀想《かわいそう》かもだけど、結局、それがトランのためだから」

シノが肩を竦《すく》める。

「結局、なんでトランから貴方へ一方通行の契約が通っていたのか……真相は闇の中になってしまったけどね」

「ま、色々あったがとりあえずは一件落着じゃな」

「そうだね……」

「ああ。帰ろうぜ……さすがに、俺、疲れたよ……」

「……だな」

仲間達にそう促され、リクスがトランを担《かつ》ぎ上げようとした——その時だった。

どくん……

辺りに不穏な鼓動が鳴り響いた……ような気がした。

「……えっ？」

「なんだ？」

その違和感にシノとリクスが訝《いぶか》しんでいると。

『ゥ……』

突然、トランが。

『ガァアアアアアアアアアアアアアアアアアアアアアアアアアアアアア

アアアアアアアアアあああああああああ——ッ！』

トランがいきなり、獣の咆哮《ほうこう》のような大絶叫を上げて、猛烈な勢いで苦しみ始めた。

そして、さらには——

「お、おいっ！　見ろ！　トランの身体が……ッ!?」

「……ッ!?」

見れば——今まで安定していたトランの身体に異変が起こっていた。

次々とトランの身体に新たな鱗《うろこ》が生えて、全身を覆っていく。

メキメキと身体の構造が変わっていく。その身体が大きく膨らみ始めている——

「——先祖返り!?」

シノがリクスを押しのけ、トランに駆け寄り、トランの身体に短杖《たんじょう》の先を押し当て、何事かの呪文を唱える。

だが——

「駄目だわ、止まらない……ッ！」

「ど、どういうことだよ、シノ！」

「遅かったのよ！　トランは『偽の名』を通して、魔王遺物で自身の器を超えた魔力を与えられ続けた！

それに対する本能的な防衛反応として、トランは先祖返りを起こしていたの！

ジェラルドを倒して、魔力供給源を止めて安心していたけど……もう、トランの身体はとっくに限界を超えていたんだわ……ッ！

こうなったら、最後——戻るところまで戻ってしまう……ッ！」

「戻るところまでって……どこまで……？」

「決まってるでしょう!? 竜よ！ 万物の頂天に立つ暴君たる竜そのものにまでよ！」

シノの言葉に、一同に衝撃が走る。

「で、でも……戻ってもトランはトランなんだろ!? だったら——」

「甘いわね！ 先祖返りって言ったでしょう!? 竜は長き時を生きることで理性を獲得するけど、その理性獲得前の獣同然の魔物になるまで戻るに決まってるじゃない！

そこにもう、トランという人格は存在しないわ……ッ！」

「な……」

「まずいわ……トランほどの強大な竜が、こんなちっぽけな『秘密の部屋』に大人しく収まってくれるわけがない！ 必ずブチ壊して外の世界に出るわ！

そんなことになったら、学院は……いえ、この国は、火の海だわ」

トランは竜の本能に従い、その圧倒的な力で周辺のありとあらゆるものを破壊し、喰《く》らい尽くすのだろう。

いや、その前に、学院が誇る大導師達に始末されてしまうかもだが——いずれにせよ、最悪の結末となる。

「シノ！　どうしたらいい⁉　どうしたら——……」

リクスが真っ青になってうなだれるシノへ詰め寄るが。

「……手遅れよ。そうなる前に、もう殺すしかない」

「——ッ⁉」

シノの絞り出すような言葉に、リクスは愕然《がくぜん》としてトランを見下ろした。

こうしている間にも、トランの先祖返りはどんどんと進行していっている——

「……下がってなさい、リクス。貴方には荷が重いでしょう？　……私がやるわ」

シノが苦渋の表情で、短杖をトランに向けて構える。

そんなシノに、ランディやセレフィナ、アニーが組み付いた。

「ま、待つのじゃ、シノ！　早まるな！」

「そうだよ、シノさん、落ち着いて！」

「あ、貴女《あなた》達……ッ⁉　状況わかってるわけ⁉」

「わかってる！　わかってるけどよぉ⁉　こんなのあんまりじゃねえか……ッ！」

「うるさい！　私だって殺したくて殺すわけじゃないわよッ⁉」

リクスの背後で、仲間達がギャーワー騒いでいる。

それをどこか他人事《ひとごと》のような心地で聞き流しながら、リクスはぼんやりと、現在進行形で先祖返りを起こして悶《もだ》え苦しんでいるトランを見下ろしている。

「……ごめんな……トラン……俺のせいで……」

俺が、勝手に団を抜けさえしなければ。

少なくともトランがこんな目に遭うことはなかったのに。

「せめて……お前は俺が送ってやるよ」

リクスが剣を抜いた。

ちらりと左手の薬指を見る。当然、シノのお守りはもうとっくに焼き切れている。

「なあに……すぐに俺もそっち追いつくさ」

そう言って。

リクスがトランへ向かって大上段に両手で剣を構える。

その剣先に、〝光〟が見え始める。

ジェラルドとの戦いの時とは比べ物にならないほど、眩《まばゆ》い黄昏《たそがれ》の〝光〟が。

「お、おい⁉　リクス⁉　お前、何を――ッ⁉」

「ちょ――貴方《あなた》、やめ――ッ⁉」

揉《も》めていた仲間達がようやくリクスのことに気付き、駆け寄ってくるがもう遅い。

後はもう、剣を振り下ろせば――終わりだ。


「妹分の不始末の責任は取らないとな。

……だって、俺は――お前の兄貴分だから」

「リクス！　止めなさい――ッ！」


仲間達の制止も聞かず。

リクスが剣を苦しむトランへ向かって振り下ろそうとした――まさに、その時だった。

それはいかなる理屈か。

リクスの人格が『エゴ』の底へ深く沈む――それがトリガーだったのだろうか。

あるいは、今のこの状況が、トリガーだったのだろうか。

だが、リクスは——確かに垣間見《かいまみ》たのだ。
いつか、どこかで、確かにあった、その光景を——……
——。

その日は、冷たい雨が爆音のような音を立てて、降りしきっていた。
重苦しい雨雲が立ちこめ、時折、稲光がこの無限の荒野に満ちる闇をほんの一瞬だけ払う。

「…………」

剣士の青年が、虚無の表情で眼下を見下ろしている。
そこには——一匹の巨大な竜が、まるで打ち捨てられたように倒れていた。
竜は瀕死《ひんし》だ。もう助からない。いかなる魔法でもその命を繋《つな》ぎ止めることは叶《かな》わない。
翼は千切れ、尻尾はもげ、角も牙も爪も折れ、手足が押し潰され、折れ曲がっている。
その全身に恐るべき深い裂傷が無数に刻まれ、焼け焦げ、必要以上に執拗《しつよう》に破壊し尽くされている。刻一刻と命の血が抜けていき、雨に流されていっている……

剣士の青年は、そんな変わり果てた友である竜の姿を、震えながら見つめている。

『〝そ、そこにいるのは……剣士殿か……？〟』

青年の気配に気付いたのか、竜がぴくりとも動かず、そう呟《つぶや》いた。

『〝最後に……剣士殿に会えたのは……僥倖《ぎょうこう》だ……〟』

「トラン……」

青年が拳を握り固めて問う。

「なんでだ……なんで、勝手に動いたんだ……？

どうして、たった一人で《宵闇の魔王》へ挑んだんだ……ッ⁉

なんで俺を待てなかった……ッ⁉　なんでだよ……ッ⁉」

『〝何……つまらぬ感傷とお節介だ……〟』

竜が絞り出すようなか細い声で、答える。

『〝剣士殿に……大切な幼馴染《おさななじ》みを、その手で殺すような……そんな残酷な真似《まね》をさせたくなかっただけ……だ……〟』

「────ッ⁉」

激しく降りしきる雨でわからなかったが。

恐らく、この時――青年は泣いていたのだろう。

『〃アレが……剣士殿の立ち向かう相手……か
ふっ……少しは何か意味のある戦いができる……そう思ったが……このザマだ。

笑うがいい……結局、我は……何もできなかった……何も成せなかった……〃』

「…………」

『〃だが、ふ、ふふ……しかし、悪くない人生……いや、竜生だった……

剣士殿との歩んだこれまでの旅路は……無駄に長き時を生きた我にとって、もっとも輝いていた時のように……思える……〃』

「…………」

『〃でも……寂しいな……これで剣士殿と……お別れだと……思うと……

それは……とても……寂しい……哀《かな》しい……

我に……このような感情があった……とは……なぁ……

ああ……剣士殿と……離れたくない……別れなく……ない……〃』

大雨でわからなかったけど。

恐らく、きっとこの時、竜も泣いていたのだろう――

『〃ああ……生まれ変わりたい……できたら……今度は、竜ではなく人に……剣士殿の兄《きょう》妹《だい》にでもなれれば……ずっと……今度こそ、ずっと……一緒に……〟』

「…………」

『〝……介錯《かいしゃく》を頼む、剣士殿。正直……もの凄《すご》く苦しい。

ならば、せめて最期《さいご》は――剣士殿の手で……〟』

そんな竜の懇願に。

青年は黙って剣を抜き――大上段に両手で剣を構える。

その剣先に、〝光〟を見る。眩い黎明《れいめい》の〝光〟を。

そして――最後に。

竜――トランが言った。

『〝剣士殿……最後に……貴公に受け取って欲しいものがある……〟』

「……？」

『〝我が真なる名だ……我の全てだ……死して尚《なお》、我の魂は剣士殿と共にあるという、誓いの証《あかし》だ……どうか受け取ってはくれまいか……？〟』

剣を大上段に構えながら、無言で頷《うなず》く青年。

『〝ありがとう……〟』

そう言って。

竜は最後の力を振り絞って――頭をもたげ、真《ま》っ直《す》ぐと青年を見据えて。
そして、堂々と言うのであった。

『〝牢記《ろうき》せよ、我が親愛なる永遠の友。
我が【真の名】は――……〟』

――。

「[redacted]・[redacted]・[redacted]」

それは反射的な行動であった。
白昼夢の中で竜が告げた、とある名前を――大凡《おおよそ》、人の言葉とはかけ離れていた音で紡《つむ》がれる名前を、剣を振り下ろす瞬間、リクスが脊髄反射で復唱した。
その瞬間だった――

カッ！

先祖返りを引き起こしているトランの身体《からだ》が、強く白熱する。

眩い光が辺り一面を、白く、白く、真っ白に染め上げていく――……

「こっ、今度はなんだぁ!?」

「嘘《うそ》……まさかこれは――ッ!?」

狼狽《ろうばい》する仲間達の視界も、真っ白に染まっていく。

そして――……

終章　新しき日常

「いやぁ、はははははははははは！　君には毎度毎度驚かされるよ、リクス君！」

学院長室に、ジェイク学院長の豪快な声が響き渡る。

「まさか、トラン君を——古竜種の【真の名】を把握し、正式に召喚獣にしてしまうとは……ッ！　こんな結末一体、誰が予測できようか⁉」

「まったくだよ。面倒臭《くせ》ぇけど、今、魔法学会では、数百年ぶりに古竜種の【真の名】を掌握した若き天才召喚術師が出現したって、空前絶後の大騒ぎだよ」

「フン。まともな魔法もスフィアも一切使えぬ愚図な貴様が、一体どうやって古竜種の【真の名】を割り出したことやら……まぁ、あえては聞かん。

魔術師は結果が全てだ。貴様は結果を出した。それだけの話」

クロフォードと、ダルウィンも口々に驚きを口にする。

「しかし、今回の一件は災難だったな、リクス君。治安維持執行部の一件については、我々も、生徒会執行部を通して厳然と対処させていただこう！

幸い君達のお陰で、未判明の新たな『秘密の部屋』の存在も明らかになった！　これはさらなるお手柄だぞ！」

「はぁ……そうっすか……」

あまり興味なさげなリクスへ、ジェイクがさらに続ける。

「しかし、残念なのはジェラルド君だ。《祈祷《きとう》派》と裏で何かしらの繋がりがあったのは確実であり、多少は尻尾を摑《つか》めるかと思ったのだが……

例によって例のごとく、魔王遺物の入手経路について何も覚えていなかった！

その際に、誰かしらと接触したのは間違いないのだが、魔法でいくら記憶を探っても、どうしてもその人物は判別できなかったのだ！」

「まぁ……忌々《いまいま》しいが、連中の隠蔽工作は常に完璧だ。この程度で尻尾を摑める楽な相手ならば、苦労はない」

ダルウィンが不機嫌そうに鼻を鳴らした。

だがまぁ、そんなことはリクスにとっては正直、どうでも良かった。

「ところで、先生。これで、トランを中途半端《ちゅうとはんぱ》な契約で召喚獣にしている咎《とが》で、退学の件は解決したんですよね？」

「もちろんだッ！」

「そして……俺、古竜種を召喚獣にしたんですよね？　これって……ひょっとして、結構な偉業ですよね？　学院の評価に値しますよね？」

「当然ッ！　胸を張って良いぞッ！　少年！」

それって、つまり――

「よっしゃあああああああああああ！　これで全ての退学案件をクリアーしたぞぉおおおおおおおおおおおおおおおおおおおおおおおお――ッ！」

リクスは歓喜に叫んだ。

「良かった、良かったぁ！　これで無事にずっと、学院で過ごせる！　ようし、今後も魔術師目指して邁進《まいしん》するぞぉ！　そして、将来、戦いとは無縁の職業に就き、可愛《かわい》い嫁さんもらって、孫達に囲まれてベッドの上で死ぬぞぉおおお！」

と、そんな時だった。

「む⁉　言っておくがリクス君！　君の成績不振による学年末の退学案件は、まだまだ続行中だぞ！　引き続き、なんらかの成果を上げることを推奨しよう！」

「えええええぇ⁉　なんでぇ⁉　俺、古竜種を召喚獣にしたんすよ⁉」

「馬鹿が。そのプラス成果は、貴重なフェニックスの卵を破壊した咎によるマイナス評価で相殺《そうさい》に決まっているだろう」

「あ」

呆《ほう》けるリクスの肩を、クロフォードがご愁傷様と言わんばかりに叩《たた》く。

「トラン君が正式に君の召喚獣になっちゃったからねぇ……つまり、トラン君のしでかしたことは、全て正式に君の責任になるわけで……」

「フン。貴様の古竜種のやらかしの全てを帳消しにしてやっただけ、ありがたく思え」

「あ……あ、あ……」

「まぁ、そう悲観することもないぞ、リクス少年！

君は強大な力を持つ古竜種を、己の召喚獣にしたのだ！

たとえこの先、君が何も成果を出せず、学院を退学することになろうとも、君ならば就職先は引く手数多《あまた》だぞ！」

「ま、そうですよね。例えば、傭兵《ようへい》、職業軍人、冒険者、魔物ハンター、賞金稼ぎ、魔法狩り……戦闘専門職なら、どこも喉から手が出るほど君を欲しがるはず……」

「嫌だぁあああああああああああああああああああああ――ッ！」

学院長室に、リクスの悲痛な叫びが響き渡るのであった。

なんか、既視感が凄かった。

――――。


「まぁ、とりあえずは退学回避で良かったじゃねえか」

学院長室からの帰り道、トボトボと歩くリクスと合流したランディが、リクスの肩を励ますように叩く。

「戦闘職は嫌だ……戦闘職は嫌だ……戦闘職は嫌だ……戦闘職は嫌だ……戦闘職は嫌だ……戦闘職は嫌だ……戦闘職は嫌だ……戦闘職は嫌だ……戦闘職は嫌だ……戦闘職は嫌だ……戦闘職は嫌だ……」

「これもまた、既視感が凄い」

ぶつぶつ同じ事を繰り返すリクスに、ランディが肩を竦《すく》めた。

「元気出しなさい、リクス。首の皮は繋《つな》がったのよ？　まだ一年あるわ。諦めるのは早いでしょう？」

同じくリクスと合流したシノが、叱咤《しった》するようにそう言った。

「しっかし、リクスには本当に驚かされるよな……古竜種をマジで召喚獣にしちまうんだもんなぁ……今後、リクスが何をやらかしてももう驚かねえぞ、俺。

なんでもかんでも、〝リクスだから〟で済んじまいそうだわ」

「……まったくだわ」

と、言いつつも。

シノは内心穏やかではなかった。

（トランの【真の名】を識《し》っていたなんて……リクス、貴方《あなた》は本当に何者なの？）

とはいえ、シノにはリクスの正体について、たった一つ心当たりがある。

（……《黎明《れいめい》の剣士》……）

それは、前世のシノ――《宵闇の魔王》シェノーラを殺した、魔術師でもなんでもないただの剣士の男だ。

リクスがあの男の生まれ変わりか何かだとしたら――リクスが〝光の剣閃《けんせん》〟を振るえることにも納得がいくし、とある古竜種の【真の名】を識っていたとしても、決して不思議な話ではない。

だが、ここまで思考して、いつもシノの考えは行き止まりに辿《たど》り着くのだ。

なぜならば――

（リクスが、私を殺した《黎明の剣士》本人であることは――絶対にあり得ない。

生まれ変わりや転生の可能性も含めて、彼は間違いなく赤の他人だ）

それだけは絶対的な事実であった。

スフィアには、指紋のような個人個人で特有の波長が存在する。

もし、リクスが《黎明の剣士》の転生者だとしたら——そのスフィア波長は一致するはず。

だけど、リクスの波長と《黎明の剣士》の波長は、似ても似つかない。

リクスのスフィアは、まるで人工物であるかのような歪《いびつ》なものだ。改めて、本当に人間なのか疑わしくなってくるほどに。

だというのに、トランからはリクスへの一方的な契約が通っていた……これも謎だ。

リクスに話を聞くと、どうもリクスは《黎明の剣士》のものらしき記憶を朧《おぼろ》げながらに持っている節がある……本人はまったく気にしてないが。

（もう少し気にしなさいよ……）

頭が痛くなってくるシノである。

そもそもリクスが使用する〝光の剣閃〟回りの、あの非人道的な仕組みは一体なんなのか？

《黎明の剣士》が〝光の剣閃〟にあんな仕掛けを持っていたなんて、実際、前世で殺し合いをしたシノからしてもあり得ない話なのである。

（リクス……貴方の存在は何かがおかしい……貴方はどこからやって来たの……？）

だが、今考えても仕方のないことではある。

今は頭の片隅にでも留《と》めておこうと、シノがそう思ったその時だ。


「アニキぃ〜〜〜〜〜〜〜〜ッ！」


廊下の向こうから、何者かがもの凄《すご》い勢いでカッ飛んで来た。

トランだ。

リクスが【真の名】を掌握したと同時に、先祖返りを止めろと命令し、トランの身体《からだ》はすっかり元に戻っている。

もうあのボロボロの衣服は捨て、リクス達と同じ制服と白いローブに身を包んでいる。

やはりフードが好きなのか、常にフードを目深に被《かぶ》るのは相変わらずだ。

そんなトランが、リクス目がけて一直線に駆け抜けてきて——

「やぁ、トラ——グェエエエエエエエエエエエ⁉」

鳩尾《みぞおち》にトランの頭部がモロに刺さり、リクスはそのまま吹き飛ばされていった。

「アニキ！　アニキ！　今日はどこへ行くっすか⁉」

「あ、あの世……ごふっ⁉」

「そっすか！　トラン、楽しみっす！」

「皮肉くらいわかってぇ……」

白目を剝《む》いて泡を吹いているリクスを、トランが大はしゃぎでガクガク揺すっている。

「こらこら、トラン。リクスが死ぬぞ？」

「もう、元気いっぱいなんだから」

そんなトランに遅れて、セレフィナとアニーが苦笑いでやってくる。

「で？　これからどうする？　早速、部活動巡りの続きじゃろ？」

「あ、ああ……そのつもりだ。その……悪いな、皆を付き合わせてしまって」

「ううん。なんだかんだで私達も楽しいから」

「うむ、この際、余もどこかの部活動に所属してみるのも悪くない」

「私もどこかに入ってみようかな……？」

「ま、とりあえず回ってみようぜ？　そっからゆっくり考えればいいさ。もう、トラブルはゴメンだがな」

「……まったくだよ……」

そんなことを言い合って。

五人＋一匹が、学院の廊下を歩き始めるのであった。

その最中、リクスがトランに耳打ちする。

「その……トラン。いいのか？」

「何がっすか？」

「いや……お前を戦いの場から引き離して、この学院に留めてしまってさ……」

すると、トランがにぱりと笑う。

「もう、今さら何言ってるんすか、アニキ。

トラン、アニキがトランのために、必死に命がけで戦ってくれたの……朧げだけど覚えてるって言ったじゃないっすか！」

リクスはふと、ジェラルド戦のことを思い出す。

「そんなアニキを見て……トラン、わかったんです！　アニキにとって、トランが別に要らない子だなんて……そんなことなかったんだって……嬉《うれ》しかったっす……」

「ああ、そうだよ。やっとわかってくれたか……」

「それに」

トランがリクスを揶揄《からか》うように、にひひと笑う。

「トランはアニキの召喚獣なんすよね？　だからもう、トランはアニキにまったく何も逆らえないじゃないっすか！」

「いや、まぁ……確かにそれはそうだが」

「こぉんないたいけな幼女を、奴隷みたいに縛り付けるなんて……アニキの鬼畜、ロリコン、ペド野郎！」

「と、トランさん？　どこで覚えたの？　そんな言葉」

「シノが言ってたっす！」

「シノ……」

「とまぁ、それはさておき。敗者は勝者に従う！　これも傭兵の掟《おきて》っす！　アニキはトランに勝ったんすから、トランがアニキに従うのもまた道理っす！　正直、トラン、戦う以外のこと全然わかんないっすけど、勝者のアニキがそれ以外の道を探せっていうなら、探してみるっすよ！」

「そ、そうか……」

「それに……うん、よくよく考えてみれば……トランがアニキを追いかけてきた理由……なんか、もっと単純なことだったっす！」

「？」

　すると、トランが子犬がじゃれつくようにリクスの腕に飛びつき、ぶら下がって。

　そして、太陽のような笑顔で言うのであった。

「トランは……ただ、大好きなアニキと、ずっと一緒にいたかっただけ！」

　臆面もなく、裏表もなくそんなことを言ってくるトランに。

「…………」

　リクスはどうにも気恥ずかしさが拭えない。

（やれやれ。こいつって、こんなに可愛《かわい》いやつだったかな……）

　まんざらでもなく、そうか、とリクスが頭を掻《か》いていると。

「は　な　れ　な　さ　い」

　シノがリクスの腕にぶら下がるトランの頭を片手で鷲摑《わしづか》みにし、ギリギリ……と引っ張って引き剝がしにかかっていた。

　そんなシノの目は、いつになく据わってる。

「んべ～っ！　嫌っす～っ！　トラン、シノの言うことだけは聞かねっす！」

「な……」

「なんかもう、トランって、シノのこと嫌いっす！　よくわかんないけど、もう生理的にダメっす！　本能的に無理っす！　不倶戴天《ふぐたいてん》の敵同士っす！

だから諦めろっす〜っ！」

「こ、この生意気な……ッ！」

「頼む……俺の腕で喧嘩《けんか》するのやめて……」

そんなリクス達の姿を見て、ランディがほくそ笑む。

「ったく、変なのが加わって、ま一た賑《にぎ》やかになりそうだぜ」

そして、ランディがふと、セレフィナとアニーを振り返る。

その瞬間。

「…………」

「…………」

「あの……俺……まだ、何も言ってないんですけど？」

どこか据わった目をしたアニーとセレフィナの大杖《たいじょう》と細剣《レイピア》が、左右からXの字に交差し、ランディの首をさらし上げるように押し当てられているのであった。

エストリア魔法学院の日常は続いていく——……

――――。

――某所にて。

暗がりの中、何者かが話している。

「たかが、未判明の『秘密の部屋』一つの開放のため、貴重な魔王遺物を一つ失う意味があったのかね？」

――私は、その価値があったと判断する。

――私の判断からすれば、恐らく、あの『秘密の部屋』は私達の最終目的のための重要なポイントの一つ。

どの道、遅かれ早かれ、あの部屋だけは開放しなければならなかったはず。

「君の判断が間違ってないことを祈るよ。

でもどうするかね？　今世の《宵闇の魔王》の周りに、古竜種が付いてしまった。

これはさすがに、失態ではないかね？

最早《もはや》、我らと言えど、そう簡単に《宵闇の魔王》へ手を出すことはかなわなくなった」

それはどうだろうか？

逆に言えば——今回の一件で、あの平凡な一年生グループを学院の誰もが注目するようになったとも言える。

特に、今世の《宵闇の魔王》の友人であり、今回、古竜種を正式な召喚獣とした、あの《黎明《れいめい》の剣士》モドキの少年——リクス。

彼という希有《けう》な存在を巡って、学院内の様々な派閥が、様々な利害でそろそろ動き始めるはず。

学院内だけじゃない。学院外からも干渉する連中はきっと出てくるだろう。

「…………」

彼は台風の目。

あの事件——『ダードリックの惨劇』以降、この停滞し、膠着《こうちゃく》状態にある学院が、彼を中心に再び激動を開始する。

その混沌《こんとん》の激動こそ、私達が望む最大のチャンス。

私達の悲願の達成も、案外近いんじゃないかと、私は判断するが？

「だと良いのだがな……まぁいいさ。

今の我々の最高指導者は君だ。しばらくは君の判断に任せる」

ふふ、ありがとう。

「だが、前回のキャンベル・ストリートの一件といい、今回の古竜種の一件といい、君は少々思い切りが良すぎる。正直、我らはずっとヒヤヒヤしていたぞ？」

乗るか反るか、それが面白いのでは？

「まぁ……君ほどの実力者なら、大胆になるのはわかるが……今後はもう少し慎重に動くことをお勧めするよ」

考えておこう。

汝《なんじ》、大いなる者の恩寵《おんちょう》があらんことを――

こうして。

これでこの話は終わりだと言わんばかりに、暗闇の中の気配達は、そのまま闇の中へ溶けるように消えていくのであった。

――――。

エストリア魔法学院の日常は続いていく。

だが、その裏側の闇で底知れぬ悪意もまた、静かに動き始めていた――

あとがき

こんにちは、羊太郎《ひつじたろう》です。

今回、新作『これが魔法使いの切り札』第二巻！　刊行の運びとなりました！

編集者並びに出版関係者の方々、そして、この本を手にとってくれた読者の方々に無限の感謝を申し上げます！　ありがとうございます！

さて、羊が今回の第二巻を書いていて思ったことは……やっぱり、魔法学園ものって楽しいなぁ！　ってことでした！

こんな授業があったら、こんな部活があったら、こんな仲間達がいたら、こんな先輩や教師がいたら……魔法学園ものって楽しい妄想が膨らみ易《やす》いんですよね。

そのお陰で、エストリア魔法学院はどんどんカオスな方向へと向かいつつあります。もっと巻数が進んだら、この学校、一体、どうなってしまうんだろう……？　ちょっと作者的にそんな不安もあったりなかったり(笑)。

そして、ラノベの第二巻の定番というかお約束ですが、この第二巻から新ヒロインのトランちゃんが登場です。

リクスと同じレベルのおバカな脳筋キャラですが、ちょっと重い物や謎も背負っているキャラであり、作者的にはかなり面白い&可愛《かわい》いキャラになったかなと思います。

新キャラを出すといつも不安なのは、読者はこのキャラを受け入れてくれるだろうか、好きになってくれるだろうか、ということ。作者にとって、キャラは我が子みたいなものですからね……読者の皆様が少しでもトランのことを気に入ってくれたり、面白い、可愛いと思ってくれれば、作者冥利《みょうり》に尽きます！

こんな感じで、リクス達の面白おかしい学園生活をガンガン書いていきますので、どうか今後ともよろしくお願いします！

それと、X（旧Twitter）で生存報告などやってますので、DMやリプで作品感想や応援メッセージなど頂けると、とても嬉《うれ》しいです。羊が調子に乗って、やる気MAXになります。ユーザー名は『@Taro_hituji』です。

それでは！　また次巻でお会いしましょう！

羊太郎

お便りはこちらまで
〒一〇二‐八一七七
ファンタジア文庫編集部気付
羊太郎（様）宛
三嶋くろね（様）宛

富士見ファンタジア文庫

これが魔法使《まほうつか》いの切《き》り札《ふだ》

2.竜《りゅう》の少女《しょうじょ》

令和6年3月20日　初版発行

著者——羊《ひつじ》 太郎《たろう》

発行者——山下直久

発　行——株式会社KADOKAWA
〒102-8177
東京都千代田区富士見2-13-3
0570-002-301（ナビダイヤル）

印刷所——株式会社暁印刷

製本所——本間製本株式会社

ISBN978-4-04-075305-8 C0193　◇◇◇

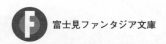

騙しあい。

各国がスパイによる戦争を繰り広げる世界。任務成功率100%、しかし性格に難ありの凄腕スパイ・クラウスは、死亡率九割を超える任務に、何故か未熟な7人の少女たちを招集するのだが――。

シリーズ
好評発売中！

ファンタジア文庫

世界最強の
“不可能任務”に挑む少女たちの
痛快スパイファンタジー!
スパイ教室
竹町
illustration
トマリ

無自覚最強ハーレム！
シリーズ
好評発売中！
妹が女騎士学園に
入学したら
なぜか救国の英雄になりました。
ぼくが。
After my sister enrolling in Girl Knights'School, I become a HERO.
author.
ラマンおいどん
ill. なたーしゃ
ファンタジア文庫

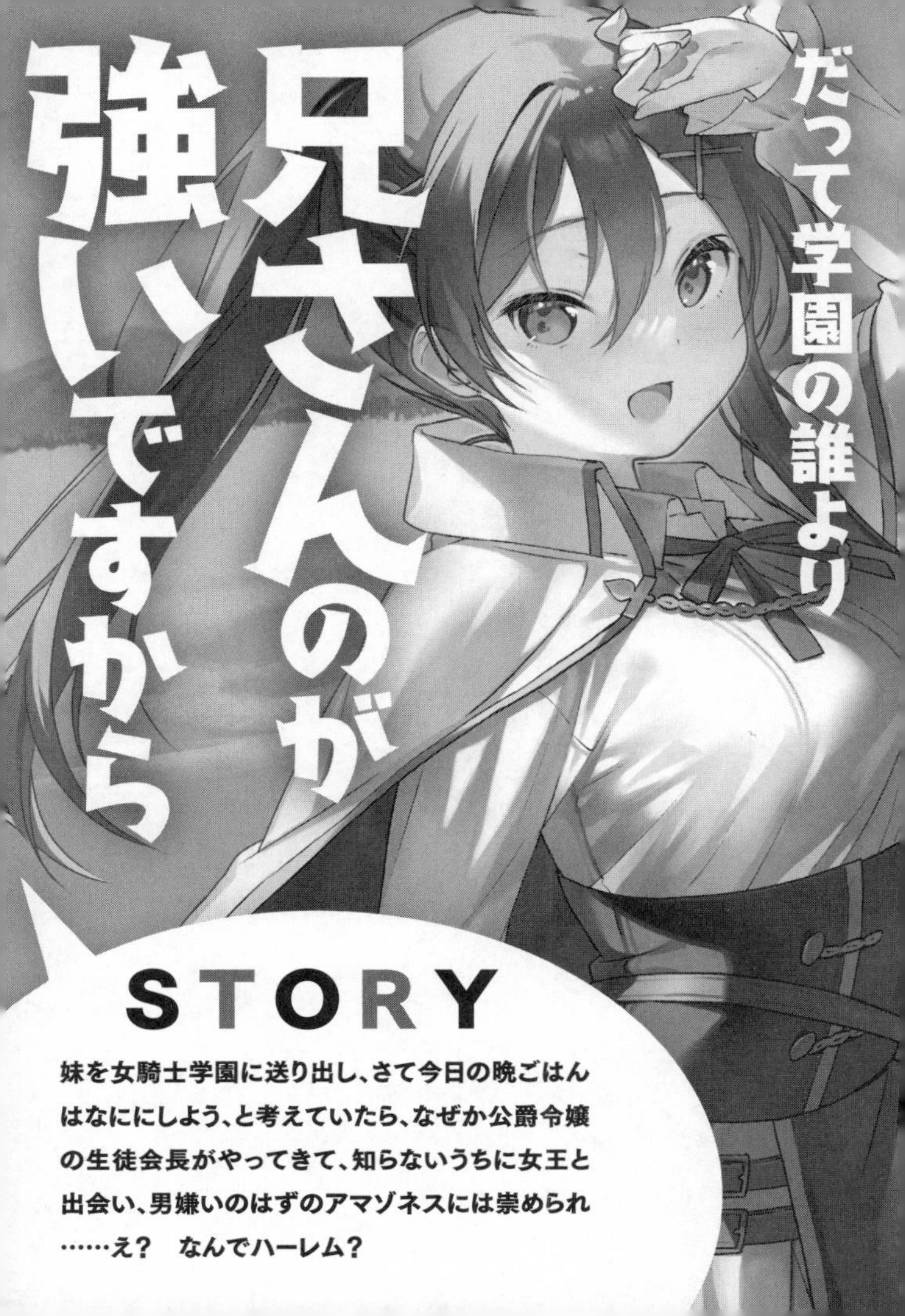
だって学園の誰より
兄さんのが
強いですから

STORY

妹を女騎士学園に送り出し、さて今日の晩ごはんはなににしよう、と考えていたら、なぜか公爵令嬢の生徒会長がやってきて、知らないうちに女王と出会い、男嫌いのはずのアマゾネスには崇められ……え？　なんでハーレム？